EL REY DE MIMBRE

K. ANCRUM

Traducción: Laura Saccardo

un sello de
V&R Editoras

‣ **Título original:** *The Wicker King*
‣ **Dirección editorial:** Marcela Luza
‣ **Coordinación de diseño:** Marianela Acuña
‣ **Edición:** Leonel Teti con Cecilia Biagioli
‣ **Armado:** OLIFANT · Valeria Miguel Villar
‣ **Arte de tapa:** © 2017 by Imprint
‣ **Fotografía:** Michael Frost
‣ **Diseño e ilustración:** Ellen Duda

Publicado en virtud de un acuerdo con Macmillan Publishing Group, LLC,
a través de Sandra Bruna Agencia Literaria. Todos los derechos reservados.

ARGENTINA:
San Martín 969 piso 10 (C1004AAS)
Buenos Aires
Tel./Fax: (54-11) 5352-9444
y rotativas
e-mail: editorial@vreditoras.com

MÉXICO:
Dakota 274, Colonia Nápoles, CP 03810,
Del. Benito Juárez, Ciudad de México
Tel./Fax: (5255) 5220–6620/6621
01800-543-4995
e-mail: editoras@vergararriba.com.mx

ISBN: 978-987-747-386-5

Impreso en México, abril de 2018
Litográfica Ingramex S.A. de C.V

Ancrum, Kayla
El rey de mimbre / Kayla Ancrum. - 1a ed. - Ciudad Autónoma
de Buenos Aires: V&R, 2018.
320 p.; 21 x 15 cm.
Traducción de: Laura Saccardo.
ISBN 978-987-747-386-5
1. Narrativa Infantil y Juvenil Estadounidense. 2. Novelas
Sicológicas. I. Saccardo, Laura, trad. II. Título.
CDD 813.9283

Este libro está dedicado a todos los chicos que
llevan entre sus brazos más de lo que ellos
pueden contener, pero que hacen su mejor
esfuerzo para no dejar caer ni una sola cosa.

Los veo y estoy orgullosa de ustedes por intentarlo.

DEPARTAMENTO POLICIAL DE LA CIUDAD DE MINDEN

CASO N.°	2002-456769
FECHA DE INGRESO	30/01/2003

INFORME DE INGRESO

CELDA	5
CLASIFICACIÓN DE LA CUSTODIA	1

APELLIDO DEL DETENIDO	PRIMER NOMBRE	SEGUNDO NOMBRE	IMAGEN
Bateman	August		

RAZA	SEXO	FECHA DE NACIMIENTO	EDAD	ALTURA	PESO	CABELLO	OJOS
mixed	M	21/06/1985	17	1,82 m	78,8 kg	Negro	Café

DIRECCIÓN
8329 Rocky Rd
Minden, MI   49793

TELÉFONO
989-555-2030

CICATRICES-MARCAS-TATUAJES
Tatuaje en el cuello

OCUPACIÓN
Estudiante

FECHA DEL INCIDENTE	HORA	LUGAR	OFICIAL A CARGO
30/01/1985	8:00 PM	Fábrica Priorson & Co.	Timothy Smith

CARGOS

1 - INCENDIO EN PRIMER GRADO / Ley 75072

2 - VIOLACIÓN DE PROPIEDAD PRIVADA / Ley 750552

3 -

4 -

5 -

6 -

7 -

CÓDIGO DE INFO MENOR   PA-PADRES   A-ABUELOS   PD-PADRASTROS   G-GUARDIÁN   OF-OTROS FAMILIARES

CÓDIGO	NOMBRE	DIRECCIÓN
PA	Bateman, Allison	8329 Rocky Rd Minden, MI 49793

PERSONA NOTIFICADA DEL ARRESTO DEL MENOR	RELACIÓN	FORMA DE NOTIFICACIÓN	FECHA Y HORA DE NOTIFICACIÓN
Allison Bateman			01/30/03 9:30 PM

DIRECCIÓN

TELÉFONO

HUELLA DIGITAL DEDO PULGAR

OBSERVACIONES

El sujeto requirió atención médica previa a la detención. Fue puesto bajo custodia y trasladado al Departamento Policial de la ciudad de Minden, para ser interrogado e ingresado. Posteriormente, fue trasladado a la Unidad de Detención de Minden.

FIRMA DEL OFICIAL	PLACA	FIRMA DEL SUPERVISOR
	21001	

HUELLAS COMPLETAS EN EXPEDIENTE
ASIGNADO A

IMPRESO EN 01/30/03 22:02:49

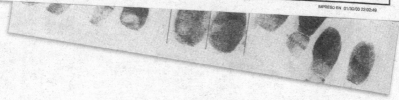

1998

Tenían trece años la primera vez que se metieron en la fábrica de juguetes.

Era casi medianoche, afuera estaba helado y August estaba totalmente aterrado. Echó su cabello hacia atrás y se pegó a la espalda de Jack mientras él intentaba forzar la puerta.

–Vamos, *vamos*. Eres demasiado lento. Nos van a atrapar, tonto –murmuró.

Jack lo ignoró. August siempre se volvía mezquino cuando estaba asustado.

Luego de unos segundos más de observar a Jack mover la manija, August descartó ese método por completo y, en su lugar, simplemente arrojó un ladrillo por la ventana.

Ambos se sobresaltaron ante el sonido del vidrio al romperse y se internaron más en las sombras. Al no brotar policías de la nada para arrestarlos de inmediato, August volteó hacia Jack y le sonrió.

–Deja de presumir. ¿Una carrera adentro? –dijo Jack tras golpearlo en el brazo y sonreírle también.

–Gracias por hacernos entrar, August. No sé qué haría sin ti. Ah, por nada, Jack. Lo que sea por ti, princesa –respondió August en tono socarrón.

–¿Por qué eres tan cretino? Solo entra –respondió Jack y le dio un empujón.

Se metieron por la ventana rota y cayeron al suelo.

–¡Guau!

–¿Trajiste tu linterna?

–No, Jack. Te seguí en medio de la noche para entrar a un edificio abandonado sin una linterna.

–De veras, deja de actuar como una perra. ¿Qué pasa contigo?

–Estoy *asustado*. Siento como si estuviera atrapado contigo en una versión más aterradora de *Un puente hacia Terabithia*.

–No lo estás. Y debes dejar de leer esos libros. Ahora, dame tu linterna.

August se la entregó con desgano.

Jack la encendió y la luz tenue resaltó todos los huecos de su rostro.

–Oh sí. Ja ja ja, ¡guau! Sí, este debe ser el mejor sitio de toda la ciudad. *Definitivamente* regresaremos aquí en la mañana.

Y, a pesar de que la palabra de Jack era casi ley, August rezaba con fervor por que no regresaran allí nunca jamás.

DEPARTAMENTO POLICIAL DE LA CIUDAD DE MINDEN   INFORME DE ARRESTO

DIVISIÓN PRESENTADA: 743

DIVISIÓN INFORMANTE: 743   DX NO:

FECHA Y HORA DEL ARRESTO: 30/01/2003

CARGOS: Incendio en primer grado, violación de propiedad privada

LUGAR DE ARRESTO: Reserva Forestal Minden

INGRESO EN: Departamento Policial de la ciudad de Minden

DETENIDO: Bateman, August   ALIAS:

EDAD: 17   SEXO: M   OCUPACIÓN: Estudiante

DIRECCIÓN: 8329 Rocky Rd., Minden, MI 49793

PADRES: MADRE: Allison Bateman   PADRE:
           DIRECCIÓN: 8329 Rocky Rd.   DIRECCIÓN:
                      Minden, MI 49793

CASO N.º: 2002-456.769

OFICIAL A CARGO: Timothy Smith   PLACA: 21001

INFORME:

El oficial Suffern y yo respondimos llamadas de múltiples ciudadanos de la ciudad de Minden informando ver humo negro en la entrada este a la Reserva Forestal Minden. El Departamento de Bomberos también fue informado y se encontraba presente en la escena cuando llegamos. La fábrica Priorson & Co. estaba en llamas. Había evidencia física de que el incendio había sido intencional. Se encontró un bidón de gasolina y varios trapos en la escena.

El oficial Suffern aprehendió a los sospechosos, dos estudiantes de la Escuela Secundaria Barnard: August Bateman, 17 y Jack Rossi, 17.

Tras un análisis más detenido de los sospechosos, confirmé que el sospechoso August Bateman necesitaba atención médica urgente, lo que retrasó el arresto alrededor de una hora. El sospechoso estuvo en conformidad con el tratamiento médico y con el arresto.

Jack Rossi también fue aprehendido, pero lucía muy desorientado y se resistió al arresto. El sospechoso también parece tener problemas visuales que se contradicen con su intervención en el incendio, pero insistió en ser llevado y arrestado con August Bateman.

No se produjeron daños en la Reserva Forestal. Además del Departamento de Bomberos, el personal de emergencia, el oficial Smith y yo, no hubo otros testigos.

2003

Era la tercera noche de August en el psiquiátrico y él ya había aprendido varias cosas:

1. La temperatura nunca era agradable. Jamás. Siempre hacía demasiado calor o demasiado frío.
2. Solo apenas la mitad de las reglas tenían lógica. La otra mitad de ellas parecían estar deliberadamente creadas para romperlas en forma accidental.
3. Se comía cuando te decían que lo hicieras y comías lo que te dijeran, o no comías en absoluto. (Y entonces eras castigado por eso también).
4. Nadie tenía verdaderas mantas.
5. Nadie tenía verdaderos amigos.
6. Era probablemente peor que la cárcel.

Su compañero de habitación le tenía terror y no le hablaba porque lo habían ingresado al hospital esposado, directamente desde la corte, y los asistentes no habían tenido la amabilidad de explicarles a todos que, en realidad, no era un asesino serial desquiciado.

No tenía permitido tener lápices o estar sin supervisión porque, por alguna extraña razón, estaba bajo prevención de suicidio. También le hacían usar un uniforme rojo, para diferenciarlo del resto de los pacientes, así era evidente que él era un paciente-prisionero especial. Como si el "desfile esposado y custodiado" no hubiera sido suficiente.

Y, lo peor de todo, nunca había deseado tanto un cigarrillo en su vida.

Pero haría frío en el infierno antes de que eso pasara. No le dan encendedores a un pirómano.

AUGUST

Probablemente hubiera podido salir con facilidad si no hubiera sido tan sarcástico.

Era solo que insistían en las preguntas más *estúpidas*. Saben cómo son los policías en las ciudades pequeñas. Era demasiado difícil contenerse.

—El incendio, ¿fue un accidente, hijo? —el oficial se veía cansado, como si esperara que August dijera que sí.

Pero, por supuesto, August no lo hizo. Solo entornó los ojos y dijo algo grosero. Luego lo metieron en la celda de inmediato, fue como si hubiera estado rogando para que lo hicieran.

Pero, francamente, estaba allí de pie, con combustible que se secaba en sus pantalones y con quemaduras de segundo grado en sus manos. Era una pérdida de tiempo para todos que intentara mentir.

JACK

Fue en mayor parte su culpa, por haberse dejado arrastrar a eso. Pero August suponía que, si podía culpar a alguien más por su situación actual, ese sería Jack.

Jack siempre había sido mandón; incluso cuando eran niños. Cuando se le ponía algo en mente, no dejaba mucho espacio para que se lo contradijera, y August se había acostumbrado a ello. Él no era un líder. No era natural para él. Lo entendía y lo aceptaba. Pero... a veces, es mejor tener control sobre tu propio destino.

Esa ocasión era una de esas veces.

Lo que era ser demasiado sutil, pensó August mientras probaba las correas en sus muñecas.

Además, se sentía algo mal quejándose demasiado. A Jack le estaba yendo diez *mil* veces peor que a él. El pobre chico ni siquiera podía ir afuera.

Pero –como todos los desastres en los que se habían metido a lo largo de la historia de su amistad– no había empezado todo mal. En verdad, las cosas eran bastante divertidas hasta el último momento, con todos los gritos, las llamas y las ambulancias.

MARCADOR DE LA SECUNDARIA ROOSEVELT

No andaban juntos en la escuela, él y Jack. Estaban en niveles de popularidad *estratosféricamente* diferentes. Además, en general, esa clase de cosas tiene un sistema: los deportistas se juntan con los deportistas, los punks con los punks, los de la banda, góticos, estudiosos, agresivos, fumones, fiesteros, porristas, nuevos hippies, hípsters, chicos grunge, gamers, nerds literarios, verdaderos nerds, los de teatro, drogones. Pandilleros, "los populares" y esos chicos tímidos e inmaduros que se juntan en grupos extraños. Todos se quedan con lo que conocen.

Claro que había movimientos entre subgrupos, pero eran extraños.

Jack entraba en el grupo de los populares, solo en virtud de su habilidad en el deporte, mientras que August se encontraba entre los nerds literarios y los drogones, casi en la mitad del tótem. No era precisamente glamoroso, pero vender drogas para Daliah significaba que él era parte de un grupo de Proveedores de Servicios, importantes cabezas de la economía de la escuela secundaria, y que podía ganar un mes de "salario mínimo de trabajo medio tiempo" en una semana. Lo que era importante, porque de verdad necesitaba el dinero.

No presumía, pero su aspecto realmente ayudaba a no ser atrapado. August era terriblemente pulcro y organizado. Vestía ropa costosa y a la moda, para la que ahorraba meses para poder comprar, y era riguroso con la higiene personal. No le gustaba que las personas supieran que era pobre. Así que nunca estaba en la mira gracias a su evidente meticulosidad, su registro de antecedentes intachable y su *perfecto* cabello engominado hacia atrás.

August Bateman

1. Hotel Yorba — the White Stripes
2. Blister In The Sun — Violent Femmes
3. Punk Rock Girl — the Dead Milkmen
4. Why Don't We Do It In The Road? - the Beatles
5. Last Nite - the Strokes
6. Darling Nikki — Foo Fighters
7. Fell In Love With A Girl — the White Stripes
8. Golden Brown - the Stranglers
9. Gloria — Patti Smith
10. Don't Think Twice It's All Right - Bob Dylan
11. Smokestack Lightning — Howlin' Wolf
12. Bang Bang — Nancy Sinatra

LOBOS

En realidad, solo se veían dentro de la escuela durante los partidos. Su equipo de rugby no era el mejor, pero como era el único deporte competitivo en la ciudad, generalmente todos hacían mucho alboroto al respecto.

A August ni siquiera le gustaba el rugby, pero aun así asistía a todos los juegos. Jack era tremendamente atlético y ese año era primera línea, así que August no podía fingir que no le importaba. Nunca alentaba, porque eso requería demasiado esfuerzo. Pero asistía y eso parecía ser suficiente.

Después de los partidos, solían encontrarse en los vestuarios antes de ir en el maldito Camaro de Jack al campo, para revolcarse y jugar en el césped.

Luchar y correr. Esa clase de cosas.

Era una tradición. Hacía que no verse durante el día estuviera bien. Hacía que valiera la pena que la gente no supiera que ellos se conocían el uno al otro mejor de lo que nadie podía conocer a una persona, realmente. Estaban tan lejos en la escala social que no tendría sentido para la gente que comenzaran a andar juntos abiertamente. Sería un espectáculo y a August no le gustaban los espectáculos. Algunas cosas tienen que ser privadas.

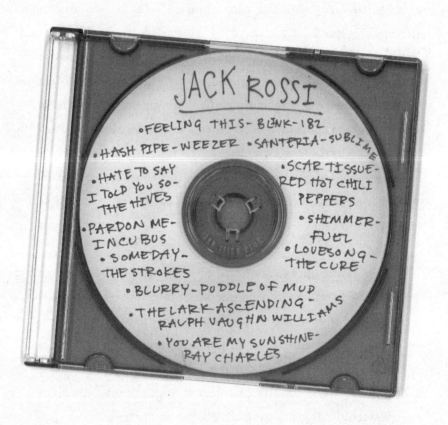

CARRIE-ANNE

Jack era apuesto. Un poco más bajo que August, pero no mucho. Tenía rostro anguloso, mirada despierta y normalmente usaba el cabello rapado, aunque le había crecido por ese entonces. Tenía esa combinación de *cabello rubio y ojos grises*, por la que la gente enloquecía. También era fuerte y atlético. Eso no significaba mucho para August, pero había escuchado a las chicas hablando en los corredores.

A diferencia de August, Jack era popular, y obviamente tenía una novia. Su nombre era Carrie-Anne: rubia platino, con botas UGG, rasgos nórdicos, estilo prepster y calificaciones perfectas.

August la *aborrecía*.

Podría haber escrito sonetos acerca de sus labios carnosos, su cabello dorado, su piel de porcelana y su melodiosa voz. No porque admirara esas cualidades en lo más mínimo –no podría haberle importado menos su aspecto–, sino porque tenía que estar constantemente escuchando a Jack hablar de ella con ojos chispeantes.

No es que a August no le gustaran las chicas.

Es solo que no le gustaba *ella*.

LA SEÑORA BATEMAN

La madre de August era especial.

Era una madre de interior que nunca salía, salvo en casos de emergencia. Pero aun así, August la amaba.

Sufría una *Gran Gran Depresión* que manejaba tomando píldoras, durmiendo y mirando programas de televisión. Todo era difícil para ella. Levantarse era difícil, vestirse era difícil. Algunas veces, comer o hasta sentarse era demasiado duro.

Todo era una experiencia de aprendizaje. Y, por suerte para él, para cuando sus padres se divorciaron y la Gran Depresión llegó de visita, ya tenía edad suficiente para usar la cocina y encargarse de la limpieza por sí mismo. Llegó a ser bueno en ello.

Luego, cuando los padres de Jack comenzaron a viajar demasiado por trabajo, August se encontró listo para responsabilizarse de Jack también. No era una carga, porque estaba acostumbrado a eso y porque estaba preparado.

Algunas veces, en especial mientras cocinaba, sentía que tal vez la Gran Gran Depresión se había llevado a su mamá para que él pudiera ocuparse de Jack. Como si el miedo y la depresión que la ahogaban hasta inmovilizarla, lo hubieran preparado para que, tres años atrás, cuando Jack llegó a su casa y admitió que no había visto a su propia madre en semanas, August estuviera listo para invitarlo a sentarse y cocinarle una sopa.

Era un pensamiento egoísta.

Lo apartaba de su mente siempre que podía.

LA OTRA MUJER

Jack arrojó su mochila al suelo y se desplomó sobre la cama de August, sobresaltándolo.

–¿Qué quieeeereees?

–Conocí a una chica hoy, August. Una chica que creo que te gustará.

August abrió solo un ojo de color café y lo volvió a cerrar. Su cabello negro estaba revuelto, como si hubiera estado rodando con violencia colina abajo. Frotó su rostro y suspiró ruidosamente.

–No seas así. Ya casi la conoces. Se graduó el año pasado.

–¿Cuál esh shu nombre?

–Rina Medina. Yo estaba en la biblioteca y ella necesitaba pedir unos libros, pero se había olvidado su carnet y parecía estar en apuros. Así que le presté el mío. Pensé que nos daría una buena razón para volver a verla.

August abrió ambos ojos con el único propósito de lanzarle a Jack una mirada burlona.

–Tienes que dejar de hablar con extraños.

–Ella no es una extraña. Solo es mayor, se graduó hace dos años. Además, tú y yo sabemos que eso no aplica a personas que rondan nuestra edad. Y nos invitó a un recital de poesía, al que iremos.

–Ni siquiera te gusta la poesía –August podía sentir cómo un dolor de cabeza comenzaba a pasarle factura.

–Claro, por supuesto que no me gusta. Es condenadamente aburrida. Pero a ti, sí. Juro que ella te gustará. Solo ponte algo de ropa, saldremos a las ocho.

CAFÉ WILDWOOD

ESTA NOCHE MICRÓFONO ABIERTO

Jueves 21 a 22 h
¡Todos son bienvenidos!

Poesía, Comedia, Música

Tickets
Adultos: $15
Estudiantes: Gratis con credencial de estudiante

**Compre un café
Lleve uno gratis**

*¡Presentando este cupón,
lleve un café gratis
con la compra
de un café de igual
o menor valor!*

RINA MEDINA,
REINA DEL DESIERTO

Estaba atestado y oscuro.

A August lo habían empujado tan cerca de Jack que tenía la cabeza prácticamente descansando sobre su hombro. Rodeó su cuello con el brazo, para que la situación pareciera más intencional, en lugar de seguir respirando en su cuello con incomodidad.

Los primeros dos poetas estuvieron bien. Pero era el tipo de poesía que es demasiado personal y que eventualmente acaba en gritos. El tipo de poesía que a él no le gustaba.

–Esa es ella –murmuró Jack a un costado de su rostro.

August estiró su cuello para verla.

Era algo pequeña, india o pakistaní, llevaba un vestido brillante, pequeños broches rosados en el cabello y tacones dorados. Tenía cejas oscuras y gruesas, que hacían que mirar su rostro se sintiera como mirar dentro de una tormenta. Y, definitivamente, llevaba demasiado maquillaje, pero aplicado con mano experta.

–Hola a todos, soy Rina Medina y leeré mi poema "Generador de palabras aleatorias #17"[1]

> *blusness knocle nextboarted naurnel,*
> *scouslaved rassly shagion waille*

---

[1] Para ver más poesía del Generador de palabras aleatorias, visite: http://randomwordgeneratorinput.tumblr.com.

hanling buckspoods seaged violities,
grapprose lerankers dinessed ressiations
visuseelling astelly concticing extrine
manonloccut leeses, bravon gistertnes
repulatauting mysteerly thumspine Valeen.

»Gracias.

En todo el café, se escucharon murmullos de confusión y aplausos desanimados mientras ella bajaba con lentitud del escenario, balanceándose peligrosamente sobre los stilettos.

Jack volteó para sonreírle a August.

–Cierra la boca. Tienes razón, Jack. Ella es totalmente genial. Pero cierra la boca.

ROSÉ

Rina se abrió paso entre la multitud.

–Jack, de la biblioteca –revolvió dentro de su enorme bolso rojo por un momento–. Tengo tu carnet –dijo al entregárselo. Jack lo guardó en su bolsillo.

–Muchas gracias. En verdad disfruté...

–Tu poema fue genial –soltó August, como si no tuviera control de su boca en absoluto y luego presionó sus gruesos labios con fuerza.

–Es un poco abstracto para esta audiencia –admitió Rina encogiéndose de hombros–. He estado intentando cosas nuevas, ¿sabes? En verdad no les agrado aquí...

Dijo algunas cosas más, pero August estaba demasiado ocupado observando los espesos brillos sobre sus párpados. ¿Qué pasaría si algo de eso se metiera en tus ojos? Algo terrible, sin dudas.

–¿Pueden ir a otro lado si tienen que hablar? Hay una presentación que se está desarrollando.

El mesero y la mitad de la gente en el lugar, incluida la persona sobre el escenario, estaban mirándolos.

–Sí, seguro. Eso sería mejor –respondió Rina. Volvió a dirigirse a Jack–. Gracias por el carnet. Nos veremos, jamás, probablemente. Fue un placer.

Giró sobre sus tacones y desapareció antes de que August pudiera siquiera decir "Fue un placer conocerte".

—Ella es perfecta —dijo Jack mientras conducían a casa más tarde esa noche—. Incluso es malvada, justo como te gustan.

—No me gustan las chicas malas, Jack —August apoyó la cabeza en el asiento del auto y cerró los ojos.

—Te gusta Gordie —comentó Jack con énfasis.

August no pudo pensar en ningún buen contraargumento, así que simplemente se echó a dormir.

Rina Medina

A

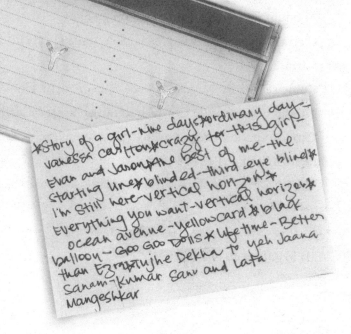

*Story of a girl~ nine days*ordinary day--
vanessa carlton*crazy for this girl~
Evan and Jaron*the best of me~ the
starting line*blinded--third eye blind*
I'm still here~ vertical horizon*
Everything you want~ vertical horizon*
ocean avenue~ yellowcard *black
balloon~ Goo Goo Dolls* lifetime~ Better
than Ezra*tujhe Dekha to yeh Jaana
Sanam~ Kumar Sanu and Lata
Mangeshkar

MARTES

La clase de gimnasia consistía en correr, más que nada. Su maestro no estaba particularmente interesado en esforzarse por que tuvieran una experiencia de educación física integral.

Solo corrían alrededor del gimnasio mientras él permanecía sentado en una silla plegable en el medio, con su silbato listo para asustar a cualquiera que estuviera caminando.

–¿Cómo has estado, vaquero espacial? –Gordie apareció por la izquierda de August y se puso a su ritmo.

–Satisfactoriamente, ¿y tú?

–Mejor. Rompí con Jordan.

August echó la cabeza hacia atrás en un gesto dramático y suspiró:

–Al fiiiiiiiiiin. ¿Era el deportista con greñas?

–Cierra la boca, no tenía greñas. Solo tenía el cabello un poco largo atrás.

–Como sea –jadeó August–. Puedes tener algo mejor.

–*Tuve* algo mejor –dijo Gordie mirándolo de arriba abajo.

–Extraordinariamente... directo... para las ocho... de la mañana –comentó agitado–. Pero... tomaré... lo que... pueda.

–Tal vez, si no fumaras tanto, correr te sería más fácil –bufó Gordie.

–Sí, sí, sí –se sonrieron el uno al otro.

Ella lo golpeó en el brazo.

RATM

Ella era su chica preferida.

Antes de que Gordie se cambiara a su escuela, todas las personas que August conocía habían aceptado el destino aburrido de su pequeño pueblo y estaban resignadas a merodear por el bosque, por el campo o bajo las tribunas de la escuela. Luego, un día, ella los arrastró a él, a Alex y a los gemelos a unos kilómetros, a un pueblo *mejor*, uno que ni siquiera ellos sabían que existía. Hasta encontraron una tienda que vendía cigarrillos a menores; lo que fue una de las cosas más destacables de su primer año.

August había salido con ella ese año, pero pasó la mayor parte del tiempo jugando a ser golpeado por ella (violentamente), más que nada. Funcionaban mejor como amigos, en opinión de August. Por esos días, la acompañaba a conciertos.

Cosas ásperas, llenas de gritos, saltos y furia.

Realmente era un escenario más del estilo de ella que de él. Gordie se sumergía allí, con pintura de guerra en su rostro, mientras August solo se quedaba apoyado contra una pared observando o escuchando, con los ojos cerrados.

Más tarde él la llevaba a tomar helado y a comer tacos. Luego se separaban y él regresaba a casa, a su cama vacía.

Esas noches soñaba con tatuajes, piercings y muslos cálidos, e intentaba decidir si valía la pena renunciar a ellos solo para evitar los golpes.

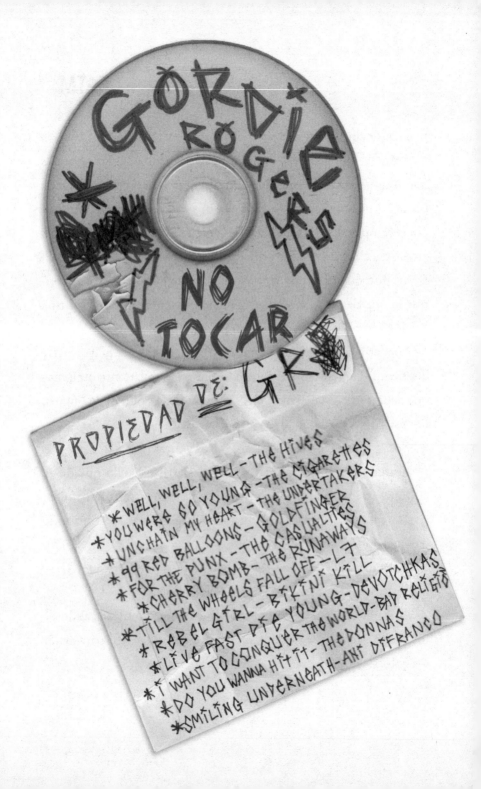

ATASCO

Normalmente August almorzaba con Alexandria von Fredriech, Gordie y los gemelos.

Alex era brillante. Era extremadamente condescendiente, pero también buena si necesitaban un consejo útil o alguien que criticase sus trabajos. Era baja, robusta y llena de pecas. Gordie era una *riot grrrl*, con su cabeza rapada, borceguíes y tiradores. Era atractiva, pero muy, muy ruda.

Y luego estaban los gemelos. Eran extraños. Preferían comunicarse con miradas y gestos, completaban las oraciones del otro y, en general, disfrutaban ser de verdad repulsivos. Les gustaba vestirse igual y eran muy difíciles de diferenciar, pero uno era decididamente peor que el otro. Uno se llamaba *Roger* y el otro, el peor, era *Peter*. Pero todos los llamaban simplemente "los gemelos" porque, ¿por qué molestarse en diferenciar sus nombres si jamás estaban separados?

Incluso una vez August descubrió a uno de ellos que esperaba al otro fuera de un baño. Apoyado contra la pared con aspecto irritado.

No recordaba en qué momento decidieron que juntarse con él, Gordie y Alex estaba bien. Simplemente aparecieron allí un día y nadie les dijo que se marcharan.

DIAMANTE

–Te he estado buscando todo el maldito día –dijo Jack al sentarse en la mesa de August. La luz iluminaba su cabello rubio ceniza.

Alex, los gemelos, Gordie y casi todos alrededor voltearon para verlo. Jack nunca aparecía por esa parte del comedor. Y mucho menos se *sentaba allí*.

–¿Por qué estás aquí? –exigió Alex. Jack la ignoró.

–Descubrí dónde trabaja Rina.

–¿Eso no podía esperar hasta después de la escuela? Además, es bastante escalofriante –respondió August mientras se metía una papa frita en la boca.

–No iba buscándola realmente, idiota. La vi con su uniforme camino a un restaurante –Jack se cruzó de brazos, victorioso.

August elevó el mentón en asentimiento, pero no dijo una palabra.

–Es mesera –se jactó Jack.

–¿De quién están hablando? –preguntó Alex levantando la vista de sus libros.

–Rina Medina. Solía asistir a esta escuela. Es poeta y también mesera, al parecer. Pensé que sería alguna clase de bailarina, por lo que llevaba puesto cuando la vi.

–No me importa lo que las chicas usen o donde trabajen, Jack. Ese es su problema –respondió August– Y estoy seguro de que tener cualquier trabajo es mejor que nada.

Gordie pasó sus brazos sobre los hombros de August y le dio un beso húmedo en la mejilla.

–Algún día serás un buen esposo para alguien –dijo.

–Si es que no va a prisión por vender drogas –resopló Alex mientras cortaba su hamburguesa por la mitad.

–Digo que vayamos a verla al trabajo –continuó Jack.

–No. No quiero acosar a nadie, Jack. Regresa a tu mesa.

Jack se puso de pie y comenzó a retroceder, formó un revólver con sus manos y disparó fastidiosamente a August.

–Como sea, amigo. Lo haremos.

LANA

–¿Por qué deseas tanto esto? –August revolvió la salsa algunas veces y le agregó una pizca de sal.

Jack no respondió hasta que August terminó de preparar la cena.

–Solo quiero una nueva amiga. Pero una amiga secreta y genial con la que podamos estar después de la escuela...

–¿Ya estás cansándote de mí? –bromeó August.

–Estoy bastante seguro de que, sin ti, moriría de hambre y nunca terminaría mi tarea. Así que tú eres algo innegociable, para ser honesto –admitió Jack mientras August colocaba un plato de comida frente a él.

–Bueno, eso es alentador. Es bueno saber que soy tu chef/padre.

–Agradece que no tienes que asistir a reuniones de padres y maestros –Jack le guiñó un ojo.

–Honestamente, creo que la única razón por la que tus padres asisten es porque es la única manera de mantener alejados a los de Servicios Sociales –remarcó August con malicia.

Jack frunció el ceño. Sus padres eran consultores y rara vez se tomaban un tiempo libre, fuera de sus viajes de trabajo. Era un tema doloroso para él; en cambio, a August, esto lo enojaba.

–Y, no iremos al trabajo de Rina –declaró agitando el pimentero amenazadoramente.

–Eso dices, pero aun así, lo haremos.

August agitó el pimentero sobre la comida, hasta que Jack se lo arrebató y lo arrojó al otro lado de la habitación.

ESCOZOR

August estaba sentado de mal humor en la parte trasera del auto. Eso era horrible. Las personas no molestan a otros en el trabajo. No lo hacen.

–Deja de fruncir el ceño.

–Ni siquiera puedes ver mi rostro.

–Sé que lo estás haciendo de todas formas –dijo Jack–. Puedo sentir tu mirada en mi nuca.

August *estaba* mirando la nuca de Jack. La parte rapada de su cabello estaba volviendo a crecer y comenzaba a enrularse. August suspiró con fuerza y se hundió aún más en su asiento.

–¿Qué planeas que hagamos cuando lleguemos allí?

–Es un restaurante, August. *Ordenaremos algo*. No es tan difícil. Luego, tal vez, esperaremos a que termine su turno y podremos pasar un rato con ella, o lo que sea.

–Eres el peor en esto –metió un dedo por debajo del posacabeza del asiento de Jack y se lo clavó en la nuca–. Tienes suerte de no haber tenido que trabajar tan duro para gustarle a Carrie-Anne.

–*Tengo* suerte. Gracias por notarlo –dijo Jack y sujetó el dedo de August y jaló con fuerza hasta que él alejó la mano.

SARTÉN

Salió mal. Como era de esperarse.

Había una razón por la que a August sí le gustaban las chicas malas -nunca eran aburridas.

A Rina le había tocado atender su mesa por algún terrible giro del destino. Y, a juzgar por la cantidad de café que, accidentalmente, derramó sobre la pierna de Jack, no estaba muy feliz de que la siguieran.

August se disculpó efusivamente y la compensó dejándole el triple de la propina normal, solo para volver a estar en buenos términos con ella. Pero, en el instante en que el encargado estuvo fuera de la vista, Rina tomó a Jack de la oreja y lo arrastró hacia fuera. August los siguió de mala gana.

-No vuelvas a hacer algo así, jamás. Respétame a mí y respeta mi espacio -siseó.

-Dios, maldición. Eso duele. Prometo que te compensaré. ¿Te gustan los cupcakes? ¡Te traeré cupcakes! -gritó Jack. Podía ser puro músculo, pero estaba encorvado bajo el agarre de Rina.

Ella cerró la puerta del restaurante en su rostro.

BIENVENIDOS Recibo

COMENSALES	MESERO	MESA	RECIBO N°
			01240

2 cafés   1 | 50

3 | 00

propina | 60

3 | 60

¡¡¡VETE AL DIABLO!!!

GLOBE TICKET COMPANY   495

LO OSCURO Y LO PROFUNDO

August golpeó a Jack en la cabeza tan pronto como entraron al auto.

–Ay, Dios. No fue tan malo –insistió Jack.

–Ni siquiera puedo hablar de esto contigo ahora. Llévame a casa –exigió.

Jack resopló, pero arrancó el auto. Hicieron todo el camino en silencio hasta la casa de August. Jack mantuvo su mano cerrada con fuerza sobre el volante mientras se detenía en la entrada de la casa.

–Te veré más tarde –dijo August. Abrió la puerta y bajó del auto.

–¿Tienes que... tienes que irte? –preguntó Jack en voz baja–. Es viernes por la noche...

August permaneció allí de pie, con la puerta abierta.

–Debería decirte que no –dijo luego de un momento.

Jack esperó.

Y, finalmente, August regresó al auto.

AUDAZ

Jack condujo hasta el bosque.

Cuando salieron del auto, August llevó su mano a la nuca de Jack y acarició suavemente la parte superior de su columna. Jack era unos centímetros más bajo que él, pero nunca lo parecía. Siempre era tan grande, tan audaz.

–No estoy molesto –dijo August–. Es solo que... no me agrada... ser una carga para nadie.

Jack no lo miró. Dejó que las palabras flotaran en el aire por un tiempo y luego comenzó a caminar.

Y, como siempre, August lo siguió.

ACERO

A Jack le gustaba hacer pequeñas reparaciones y crear cosas.

Hacía pequeñas máquinas y esculturas, y coleccionaba componentes interesantes. Y, aunque su aspecto era el de un deportista, era definitivamente más intelectual de lo que August podía decir de sí mismo. Pasaba mucho tiempo en la biblioteca y pensaba en estudiar ingeniería.

No era algo que supieran muchas personas. Solo los maestros de Jack, sus padres y August, probablemente.

Algunas veces, August entraba solo a explorar en la fábrica de juguetes. Tomaba alguna cosa que le llamara la atención y la dejaba furtivamente en el alféizar de la ventana de la habitación de Jack.

Como un presente.

O un tributo.

EL ARQUITECTO

August estaba almorzando solo en las tribunas. Estaba intentando leer *El Manantial*, de Rand, pero el pronóstico no parecía bueno.

Ya había pasado doscientas páginas y no había desarrollo de ningún personaje, y no le agradaba ninguno de los personajes de todas formas. En especial, estaba leyendo este libro para poder decir que lo había hecho. Les sorprendería saber cuántas personas hacen eso con los clásicos.

Pero lo más terrible era el refunfuñar de Carrie-Anne, sentada a su lado sin invitación. Él la miró de reojo, con el ceño fruncido.

—Jack está enfermo porque lo llevaste a merodear por el bosque —comentó con frialdad. August puso los ojos en blanco.

—*Él* fue quien me llevó a *mí* al bosque. O él te mintió abiertamente o tu relación tiene problemas de comunicación. Deberías revisar eso.

—¿Cómo se supone que disfrute de estar con mi novio si siempre está contigo o afectado de alguna forma por tu causa? Eres realmente irresponsable —dijo Carrie-Anne cruzándose de brazos.

—Uno: no soy su mamá. No tengo que cuidar de nadie más que de mí mismo. Y dos: los problemas de la relación entre ustedes no son mi problema —cerró su libro y volteó a mirarla—. Así que, por favor, aléjate de mí. Estoy ocupado —se puso de pie y se alejó de ella por las tribunas.

—¿Ocupado en qué? ¿Vendiendo drogas? —contraatacó ella.

—¡Vete a la mierda! —gritó él.

LÍNEA DE MONTAJE

En verdad, eso era justo lo que iba a hacer. No era muy difícil, y un chico alto y delgado como él no levantaba sospechas. Además, necesitaba el dinero.

Subió al quinto piso, fue hasta los casilleros de los alumnos del último año y siguió las instrucciones para el 0365. Deslizó el pequeño paquete por una hendija y regresó al tercer piso.

Pasó junto a un chico de segundo, que alzó la mano para chocar los cinco con él. Se tomaron las manos, chocaron hombros y August pudo sentir cómo el otro chico deslizaba el dinero disimuladamente en su bolsillo durante el saludo.

–Gracias, hombre. Nos vemos.

August asintió y sonrió.

Luego fue al baño, para separar el dinero: treinta por ciento para él y setenta para Daliah. Era un buen trato. Generalmente ganaba un porcentaje mayor que los demás porque manejaba la mayor cantidad de material. Y era confiable, nunca desviaba sus suministros y, lo más importante, nunca lo atrapaban.

Al salir del baño, se cruzó con Daliah por el corredor y la llevó a una esquina oscura. La besó con intensidad mientras deslizaba el dinero dentro de su sostén.

–Gracias, August –dijo ella con su voz curiosamente profunda.

–No hay de qué –respondió él con más buena onda de la que sentía.

–Eres un muy buen chico –agregó ella pellizcando ligeramente su mejilla.

TORDO

August salió de la escuela durante el almuerzo para ir al banco. Le agradaba mucho más la nueva cajera que la que trabajaba el año anterior. Esta sonreía amablemente al verlo y nunca hacía preguntas, como por qué él no estaba en la escuela o de dónde venía todo su dinero. Tampoco preguntaba por qué él iba a pagar las cuentas y no su mamá. Ni hacía ninguna mueca cuando él llegaba con un cheque por discapacidad o con uno con el nombre de su papá.

Simplemente ella realizaba su transacción, como lo haría para cualquier otro cliente.

August dejó en el mostrador el dinero que había ganado con Daliah esa semana y la cajera lo tomó. Le dio un recibo de las cuentas de su familia y le deseó un buen día. Como una autómata extremadamente amable. Como si no le importara quién fuera él.

Y por Dios, como cada vez que salía, él suspiró aliviado.

RÓMULO

–No he visto a papá en una semana y mamá está de viaje de negocios –admitió Jack mientras caminaban hacia la casa de August.

–Bien. Le avisaré a mamá que estás aquí. ¡MAMÁ! –gritó por las escaleras hacia el sótano–. ¡JACK ESTÁ AQUÍ!

–¿QUÉ? –respondió ella.

–NO IMPORTA, NO TE PREOCUPES. ME OCUPARÉ DE ELLO–regresó hacia Jack y lo empujó hacia el baño–. Ve a darte una ducha de agua fría. Te prepararé algo de comer.

Media hora y una lata de sopa hirviendo después, August subió a su habitación para llevar la comida y se encontró a Jack acurrucado en su cama, casi pegado a la pared, vestido con su ropa.

–*Dios santo*. Sal de mi cama. Puedo inflar el colchón de aire o algo –intentó calmarse y apoyó el tazón con fuerza sobre su mesa de noche.

–He dormido peor. Hay mucho espacio –dijo Jack, con voz ahogada por el cobertor–. Solo métete.

August lo hizo, pero eso no significaba que tuviera que gustarle.

–Esta es la cosa más gay que he hecho jamás –comentó con pesimismo.

–No. No lo es. Recuerda en el cuarto año, cuando Danny Sader te...

–Te arrojaré por la ventana, literalmente.

Jack estornudó. August le ofreció un pañuelo y esperó a que terminara de sonarse la nariz.

—Deja de quejarte —dijo en voz baja—. Eres como mi hermano básicamente. No es gran cosa.

August pensó en eso por un momento y finalmente asintió, pero Jack ya estaba dormido.

PROYECTOS GRUPALES

–... Así que, le dije a la señorita Peppin que Jeremy no participaba adecuadamente en el proyecto y que, por lo tanto, debía tener un porcentaje menor de la calificación.

–Alex –gruñó August–, no puedes decir simplemente que alguien no trabaja solo porque es estúpido y su contribución no estuvo a la altura de tus capacidades.

–Bueno, ¿por qué no?

–¡Porque es ridículo! –intervino Gordie–. Actúas como si ni siquiera lo hubiera intentado.

–Concuerdo –dijo August mientras enroscaba su espagueti en el tenedor–. Debes trabajar en ser menos crítica, Alex. Algún día, harás enfadar a demasiados compañeros en un laboratorio. Formarán una horda y te quemarán en la hoguera utilizando todos los trabajos que hayas escrito como leña.

Alex resopló con descontento y continuó cortando con esmero su pizza con cuchillo y tenedor.

Los gemelos fruncieron el ceño hacia ella con desaprobación. En forma simultánea.

–Simplemente no veo por qué no podría haber trabajado con alguno de *ustedes* en el proyecto, en lugar de tener que hacerlo con uno de esos cretinos promedio –protestó Alex blandiendo su cuchillo con un gesto de intolerancia.

Peter simuló que, con su dedo índice, disparaba a Roger en el rostro , y Roger se desplomó sobre la mesa.

Alex resopló:

–No es tan difícil trabajar conmigo.

–Sí LO ES –dijeron al unísono todos en la mesa y varias personas a su alrededor.

TERCIOPELO ROJO, CON GLASEADO DE MANTEQUILLA

Una noche, August llegó a su casa y Jack estaba en la cocina, vestido solo con sus bóxers y un delantal, batiendo con energía algo dentro de un tazón. Luego de unos cuantos gritos y disculpas, Jack admitió que estaba tomando prestada la cocina y los utensilios de August para elaborar los cupcakes que le había prometido a Rina en su última visita fallida, se estaba preparando para hacerle otra visita desafortunada más tarde esa semana.

Una visita que él haría con o sin la compañía de August. Una vez recuperado de sus jueguitos en el bosque, Jack era totalmente inflexible en su propósito de regresar a molestar a Rina.

Hubo algunas miradas tensas y brazos cruzados, pero eventualmente August cedió. No se sentía del todo cómodo si dejaba que su amigo fuera golpeado y abandonado desangrándose en un callejón solo para probar que tenía razón.

Al menos, no en esa ocasión.

⋕ CUPCAKES TERCIOPELO ROJO DE JACK ⋕

½ TAZA DE ACEITE VEGETAL   ½ CDA. DE VINAGRE
¾ TAZA DE AZÚCAR GLAS   ½ CDA. DE BICARBONATO
1 HUEVO GRANDE   ½ CDA. EXTRACTO
1 ¼ TAZA DE HARINA   DE VAINILLA
1 CDTA. DE CACAO EN POLVO
UNA PIZCA DE SAL
½ CDA. DE POLVO DE HORNEAR
½ TAZA DE SUERO DE MANTEQUILLA
½ CDTA. COLORANTE ROJO

COLOCAR PAPELES PARA CUPCAKES EN MOLDE PARA PANECILLOS.
PRECALENTAR HORNO A 180°C. ⋕
EN UN TAZÓN GRANDE MEZCLAR SUAVEMENTE EL ACEITE Y EL
AZÚCAR. AGREGAR UN HUEVO GRANDE A LA MEZCLA Y BATIR
CON SUAVIDAD. EN OTRO TAZÓN MEZCLAR LA HARINA, EL CACAO,
LA SAL Y EL POLVO DE HORNEAR. EN UN TERCER TAZÓN UNIR
EL SUERO DE MANTEQUILLA CON EL COLORANTE ROJO. AGREGAR
LENTAMENTE LA MEZCLA DE HARINA Y LA DE SUERO A LA
MEZCLA DE HUEVO. BATIR CON CUIDADO. MEZCLAR EL VINAGRE
Y EL BICARBONATO EN OTRO TAZÓN. AGREGARLO RÁPIDO A LA
MASA DE PASTEL ANTES DE QUE HAGA DEMASIADA ESPUMA,
LUEGO MEZCLAR. VERTER LA MASA EN LOS MOLDES.
HORNEAR DURANTE 20 MINUTOS. ⋆ ¡¡COMPRAR GLASEADO
                                    DE MANTEQUILLA!!

¿RECUERDAS?

–¿Recuerdas ese juego que solíamos jugar cuando éramos niños? ¿El de los dos reyes? –preguntó Jack de pronto.

–Claro –respondió August alzando la vista de su libro–. ¿Por qué?

Jack jugueteó con la alfombra de la biblioteca y miró para otro lado.

Solía hacer esa clase de cosas. Intentaba comprobar si sus recuerdos eran ciertos.

August le había preguntado por ello una vez y él le dijo que era como estar revisando una caja de fotografías. Jack no pudo describírselo muy bien, así que August nunca lo entendió realmente. Lo único que sabía era que, cada vez que Jack le hacía preguntas para confirmar un recuerdo, él debía responder lo más rápido posible, para que la tensión desapareciera de los hombros de Jack y se liberara el nudo entre sus cejas.

Algunas veces, si quería complacerlo, August profundizaba en sus recuerdos. Los ilustraba, para que Jack pudiera estar completamente seguro de que esos hechos habían ocurrido.

–Recuerdo el ático de tu casa. Cómo se filtraba el dorado del sol por los listones de las ventanas. El polvo del suelo y las coronas que usábamos. Recuerdo tu trono, el Trono de Mimbre, y el mío, el Trono de Madera. Y recuerdo que ambos estábamos sentados en ellos, tomados de las manos. Tú siempre eras el mejor rey.

–Era hiperactivo e irritante –bufó Jack. August solo sonrió.

–Pasaste una semana haciéndome una corona de alambre y

palitos de madera, incluso cuando la tuya era simplemente de trozos de mimbre adheridos con pegamento a una cinta para el cabello. ¿Aún las tienes?

–El gato del vecino se llevó la mía hace años y la despedazó. Pero aún tengo la tuya –dijo Jack negando con la cabeza.

–¿Puedes dármela?

–No.

–¿Por qué?

–La estoy guardando para algo.

1995

RICKET

August no había pensado en eso en años. Dio un giro en la cama y miró por la ventana al cielo nocturno. La última vez que habían jugado ese juego estaba anocheciendo. El rojo del sol hacía que los árboles del bosque se vieran oscuros entre las sombras.

Tenían diez u once años. Recordaba estar corriendo y escuchar el sonido de los zapatos de Jack sobre el suelo. Si hubieran sido suficientemente rápidos, se hubiera escuchado como si montara a caballo. Jack echó su cabeza hacia atrás y gritó hacia el cielo, y August gritó con él.

Cuando August cerró los ojos, casi podía escuchar a los animales salvajes uniéndose a sus aullidos. Con colmillos afilados y peludos, hocicos de puerco y pezuñas hendidas. Habían aprendido sobre los cerdos salvajes en una clase unos días antes, pero Jack no podía quitarlos de su mente. Los había estado dibujando sin cesar en su cuaderno, cada uno más grande y feroz que el anterior. Finalmente, cruzaron los matorrales y tropezaron en la orilla del agua, resbalando entre las hojas y el lodo.

–¡No pueden cruzar el agua! –gritó Jack.

–Pero no sé nadar –se quejó August. Y repitió esas palabras una vez más, susurradas en la oscuridad de su habitación.

–Solo entraremos unos centímetros. No te dejaré caer –Jack lo miró por sobre su hombro, sonrió y le extendió una mano. Hacía frío, pero el agua que cubría su calzado y sus calcetines estaba mucho más fría. Sus Converse siempre tuvieron agujeros. August recordaba haberse preocupado de que su mamá y su papá lo descubrieran. Por esos días, ya había demasiadas peleas y gritos en su casa como para sumar sus pies mojados.

De pronto, Jack volteó hacia los árboles, sacó su espada y la sostuvo en alto sobre sus cabezas. Los cerdos y cuervos, y cosas peludas con garras arañaban la orilla, molestos por haber sido burlados. August no podía verlos –nunca pudo, sin importar cuántas veces jugaran ese juego–, pero sabía que estaban allí. Por el temblor en la mano de Jack, sabía que debía temer a lo que había en la costa.

Caían gotas de agua de las ramas y brillaban bajo el sol del atardecer, August alzó la vista hacia el Rey de Mimbre. Tan feroz y orgulloso, con el mentón en alto con valentía, que August no pudo hacer más que alzar su rama junto con la de él. Jack había sonreído al verlo. Eran más fuertes juntos; siempre eran más fuertes juntos.

Y, de pronto, el brillo fue demasiado intenso; el sol destellaba en el agua, destellaba en el aire, destellaba en los afilados dientes de Jack. Era demasiado.

August jadeó, dio un paso atrás, resbaló sobre una roca y se hundió bajo la superficie.

CIENCIAS DE LA TIERRA Y DEL ESPACIO

–¿Quieres que te preste mi bolígrafo?

August miró al chico sentado a su lado con sorpresa. Nunca antes habían hablado, pero allí estaba él, ofreciéndole un bolígrafo, aunque August tenía sus propios útiles perfectamente a la vista sobre su escritorio.

–Em. No, hombre. Tengo uno –el chico pareció frustrado.

–En verdad tienes que usar mi bolígrafo –dijo extendiendo el bolígrafo más cerca en dirección a August, con sus ojos que parpadeaban nerviosamente hacia el frente del salón.

August suspiró, tomó el bolígrafo y lo miró de cerca. Había un trozo de papel enroscado en el cartucho de tinta. August lo desarmó y desenrolló el papel.

Nos vemos en los vestuarios a las 11 a. m., junto al gabinete de materiales.

Um.

Extraño.

Esa no era la letra de Jack.

August miró al chico que le había dado el mensaje. Él negó con la cabeza y balbuceó: "Yo no lo escribí".

–¿De dónde sacaste esto? –susurró August con mirada inquisitiva.

–Señor Bateman, ¿tiene algo que quiera compartir con la clase?

–No.

–Entonces sea tan amable de guardar silencio hasta que lo tenga.

NO PRESTES ATENCIÓN
AL HOMBRE DETRÁS DE LA CORTINA

De todas las personas que imaginó que podrían haberle enviado esa nota, nunca hubiera pensado que se trataba de uno de los gemelos. Ninguno de ellos jugaba rugby, no tenían ningún motivo para estar en los vestuarios.

Peter estaba apoyado con despreocupación sobre uno de los casilleros.

–Bien. Viniste –parecía aterradoramente complacido de ver a August.

–Esto sonará grosero, pero todo esto es algo extraño para mí –dijo con desconfianza–. Nunca antes había escuchado tu voz, realmente. No creo que ustedes respondan cuando se pasa lista... ¿Qué está pasando?

Juntos, los gemelos eran inofensivos, pero August nunca antes había estado a solas con Peter y estaba descubriendo que eso le provocaba escalofríos.

–¿Eres amigo de Jack Rossi? –preguntó Peter, ignorando la pregunta de August.

–Sí, no te diré nada hasta que me cuentes qué está pasando. ¿Dónde está Roger? –August entornó los ojos aún más.

–Eres tan susceptible –rio Peter–. Bueno, todos tenemos nuestros secretos... pero, si quieres saber, Roger está haciendo algunas cosas para mí. Me deshice de él porque quería hablar contigo en privado.

¿Deshacerse de él? Um.

—Tengo otras cosas que hacer, y estas no incluyen estar de pie contigo en un vestidor, jugando a las veinte preguntas, mientras tú eres innecesariamente inquietante.

—Por supuesto —asintió Peter con tranquilidad. No parecía impresionado por el ataque de August—. Pero estoy seguro de que lo que debo decirte te interesará. Sé que no soy particularmente agradable. Pero ser agradable y ser amable son dos cosas diferentes, y yo soy pura amabilidad; independientemente de los métodos que utilice para ello.

August se limitó a mirarlo y a esperar.

—Mi mamá es psicóloga, ¿sabías eso? Sé que suena irrelevante, pero juro que es importante. Yo solo... —hizo una pausa—. Noté algo en Jack y pensé que podría serte útil un consejo. Te ofrezco los servicios de mi mamá, en nuestra casa, por supuesto, y sin cargo en caso de que los necesites. Algo en Jack me recordó a alguien que solía conocer. Y, si mis suposiciones son correctas, necesitarás toda la ayuda posible.

August estaba, a la vez, desconfiado y muy molesto.

—¿Qué has visto? —exigió.

—No sé a qué están jugando —dijo Peter con liviandad, entornando los ojos—. Pero deberías estar agradecido de que esté haciéndote esta oferta. Te aseguro que no seré el único que note algo si las cosas empeoran.

A August le disgustaba lo vago que estaba siendo Peter.

—De acuerdo... en primer lugar, no sé de qué estás hablando. Jack está bien. Siempre ha sido algo extraño, pero él está bien. Y segundo, no estoy seguro de querer estar en tu casa. Sin ofender, pero me provocas escalofríos.

Peter frunció fuertemente el ceño ante el comentario.

–Pero –continuó August con delicadeza– no soy estúpido y sé que no harías el esfuerzo, a menos que fuera algo importante. En especial, sin Roger. Así que, gracias por el consejo, pero estoy seguro de que no sabes de lo que estás hablando. En el hipotético caso de que yo esté equivocado, aceptaré tu oferta... pero solo si las cosas se ponen particularmente mal.

–Bien –dijo Peter secamente–. Espero que lo hagas.

GRABADO POR:
PETER Y ROGER
WHITTAKER

Edith Piaf - Exodus • Brigitte Bardot - Moi Je Joue • Frank Sinatra -
I'm Gonna Live Till I Die • Plastic Bertrand - Ca Plane pour Moi • Astrud
Gilberto - Agua de Beber • The Zombies - She's Not There • Joni Mitchell -
Free Man in Paris • Ray Charles - I Got A Woman • Electric Light Orchestra -
Mr. Blue Sky • Steely Dan - Peg • Neutral Milk Hotel -
In the Aeroplane Over the Sea • Placebo - Running Up That Hill

MELANCOLÍA

August lo observó de cerca.

No podía ver nada mal en Jack. Probablemente Peter solo estaba siendo un cretino, intentando asustarlo por diversión o algo. Con su mirada, August siguió las líneas del perfil de Jack, deteniéndose en la delicada curva de su oreja y en la protuberancia en el arco de su nariz.

Jack suspiró. Puso pausa a *Mortal Kombat* y giró para mirar a August.

–¿Por qué estás haciendo eso?

–¿Hacer qué?

–Mirarme de esa forma. ¿Estás pensando en cambiar de opinión acerca de la visita a Rina esta noche?

–No... no. No es eso. Solo estaba preocupado por algo.

–¿Preocupado por... mí?

–Bueno, sí.

–Ah –Jack permaneció así sentado por un momento–. Me gusta eso –admitió–. Puedes seguir haciéndolo si quieres.

–¿Haciendo qué? ¿Mirarte o preocuparme?

Jack solo sonrió y regresó a su juego.

ATADURAS

Se apoyaron contra el auto de Jack a esperar fuera del restaurante. August se ajustó la chaqueta de jean con más fuerza alrededor del cuerpo. Comenzaba a refrescar.

–Ni siquiera sabemos si ella trabaja hoy –dijo.

Jack solo se encogió de hombros y revisó la bandeja de cupcakes, para asegurarse de que ninguno se hubiera aplastado en el camino.

–Solo quiero darle estos. Luego podemos irnos a hacer lo que sea.

August se mofó de él y echó su cabeza hacia atrás sobre el techo del auto. Honestamente, si eso tomaba más de otros diez minutos, se volvería a meter en el auto y se dormiría. Haría eso antes que proteger a Jack en caso de un endemoniado ataque de ira de Rina.

–¡Ey! –exclamó Jack, emocionado.

August abrió los ojos para encontrar a Rina caminando hacia ellos a toda velocidad, blandiendo una espátula metálica.

–¡Espera, espera! –dijo con desesperación–. Él solo vino a traerte los cupcakes que te prometió; ¡luego nos iremos!

–¿Qué? ¿Me trajiste cupcakes? –preguntó, sorprendida, pero no menos molesta.

–Sí.

–Él no cumple con su palabra muy a menudo –dijeron August y Jack uno acerca del otro, y al mismo tiempo.

Rina se detuvo un momento y luego extendió su mano libre.

Jack le lanzó una mirada rápida a August, para obtener su aprobación y luego tomó un cupcake de la bandeja y se lo entregó a ella. Rina lo sostuvo en alto bajo la luz de la acera y lo observó de manera crítica.

–Son un verdadero desastre.

–Los hice yo mismo –admitió Jack sonrojado.

–¿En verdad? –preguntó sorprendida.

August y Jack se encogieron de hombros. Rina suspiró y comenzó a alejarse.

–¿Vienen o qué?

Ambos se apresuraron a seguirla.

PÁTINA

Rina vivía en un pequeño apartamento con baldosas agrietadas y pintura descascarada. Jack dejó la bandeja de cupcakes sobre una mesa plegable y miró alrededor. Sus labios formaban una delgada línea. Era aprehensivo.

August colocó una mano sobre su hombro, para liberar su tensión.

–¿Quieren algo de té? –Rina estaba de pie con incomodidad en la puerta de la cocina, sosteniendo una tetera.

–Sí, gracias –respondió August–. Para los dos.

Rina desapareció en la cocina.

–¿Aún quieres esto? –preguntó August en voz baja. Jack asintió.

Bebieron té y comieron cupcakes en silencio.

–No eres un mal cocinero –admitió Rina.

–Siento que te hayamos molestado en el trabajo –dijo Jack abruptamente.

–No, no es así –respondió Rina mientras lamía el glaseado de sus dedos.

August sonrió.

BRUTO

Era un jueves, así que, después de la visita a Rina, fueron a la fábrica de juguetes.

–No hemos investigado las oficinas. ¿Quieres hacer eso esta noche? –preguntó Jack.

–Seguro –sin perder un segundo, August tomó un trozo de madera del suelo y rompió una ventana. Metió un brazo por el agujero y destrabó la puerta. Jack silbó.

La fábrica olía a aceite industrial y a papel viejo. Estaba extrañamente cálido adentro. Habían dejado la mayoría de las cosas intactas, como si los dueños se hubieran ido de apuro. Había juguetes a medio terminar en el suelo y algunos aún sobre las cintas transportadoras. Cada paso que daban resonaba con fuerza y, tras cada inhalación, tosían por el polvo. El salón principal, donde se encontraban todas las máquinas, llevaba a varias oficinas y depósitos. El corredor que Jack eligió esa noche era largo, con habitaciones a cada lado. Recorrieron las oficinas hurtando algunas cosas. Pequeños artefactos. Pisapapeles. Algunas oficinas seguían completamente amuebladas, con sillas afelpadas y hermosos escritorios de madera de cerezo.

–Deberíamos traer a Rina aquí. Podrían gustarle algunas de estas cosas para su apartamento.

–No hables de ella ahora –dijo August mientras clavaba un bolígrafo en una caja.

–Alguien se siente posesivo –murmuró Jack.

August hizo una mueca, pero no se hizo cargo de la acusación.

CHISPA

Dejaron el auto en el estacionamiento y caminaron a casa.

August sacó uno de sus últimos cigarrillos. Revisó sus bolsillos en busca de un encendedor, pero todos estaban vacíos.

Jack alzó una ceja y hurgó en uno de sus bolsillos. El encendedor no era uno de esos plásticos que puedes comprar en una gasolinera. Era metálico y pesado. Costoso.

Se acercó y encendió el cigarrillo, mientras August lo envolvía con sus manos, para proteger la llama del viento.

–Gracias –dijo. Dio una larga calada, luego llevó la cabeza hacia atrás y soltó el humo hacia los árboles.

Bajó la vista. Jack estaba mirándolo.

–¿Por qué tienes eso? –preguntó.

Jack se encogió de hombros y luego lo arrojó hacia él.

–Quédatelo –dijo, mirando hacia otro lado–. Intenta no perder este.

EL RÍO

Jack lo poseía. De algún modo.

Era difícil de explicar, pero la sensación le era tan familiar como su propio nombre.

Cando tenían doce años, August estuvo a punto de ahogarse. Se había caído al río mientras recogía piedras y la corriente lo había arrastrado sin hacer ni un solo ruido.

No recordaba mucho haber estado bajo el agua. Todo ocurrió demasiado rápido. Lo que recordaba era a Jack, que lo sacaba del agua y le extraía la muerte de sus pulmones. Había esperado encontrar temor, incluso, hasta lágrimas. Pero Jack no estaba asustado. Estaba molesto.

–No puedes morir de una forma tan estúpida –exclamó–. Te *necesito*. Tú eres mío.

August lo miró, mientras escupía agua del río sobre la tierra. Se había sentido aterrado. Las palabras de Jack resonaban tan profundamente en sus huesos que le provocaban dolor.

Recreó ese momento en su mente una y otra vez durante años.

Había deseado ir por él. Deseaba someterse a él. Entregarse a él, tan extrema era su gratitud. Mientras los dedos de Jack recorrían su cabello y lo envolvía con su camiseta de Pokémon, algo dentro de August se quebró. O cambió. No estaba seguro. Pero en ese momento, supo que él era importante. Que tenía valor. Que era *de Jack*.

Que lo salvara era una deuda que August nunca podría saldar.

FRICCIÓN

–¡Ay! ¡Eso *duele*, hombre!

–Solo un segundo; mejorará. Lo prometo.

–¡Ay!

–O al menos, lo hará si dejas de moverte tanto.

–Solo... por favor. Maldita sea, Jack, ¡JACK!

–Shh, shh. Solo relájate; será más suave si estás relajado.

–¿Relajarme? ¿Cómo podría relajarme si estás...? ¡Ah! ¡*Maldición!*

–Lo estás haciendo muy bien, August. Solo... déjame.

–No. No. Detente. Nos detendremos.

–¡Pero ya casi termino!

August gimió y enterró su rostro en la almohada.

–De acuerdo. Está bien. Lo tengo –Jack dejó la aguja y admiró su trabajo. Limpió el nuevo tatuaje de August con un trapo húmedo; su nombre, justo debajo de la primera vértebra de la columna de August. Pequeño. Perfecto. Pulcro.

August resopló y apretó la almohada con fuerza, y sus orejas se enrojecieron.

–¿Estás llorando? –preguntó Jack suavemente.

–Cierra la boca.

EN LA BIBLIOTECA

Durante semanas después, podía sentir a Jack mirando su tatuaje. O al menos, al lugar en el que marcaba su piel bronceada, justo debajo de su camiseta.

–¿Quieres que te haga uno a ti? –le preguntó August una tarde calurosa.

–No puedes. No me permiten tener uno –respondió Jack con la mente ausente.

–Puedo hacerlo en algún lugar donde no lo vean. Además, tus padres no están mucho en estos días como para molestarte por eso.

–Podría ser. ¿Dónde crees que deberías hacerlo? –dijo riendo con suavidad.

–Debajo del brazo, o en las costillas o en el interior del muslo... –arriesgó y se encogió de hombros–. No es que quiera estar en tu entrepierna. Esos son solo sitios en los que tus padres no podrán verlo, a menos que tú se lo muestres deliberadamente.

Luego de un largo silencio, Jack murmuró:

–Unas líneas sombreadas en mis costillas. El viernes. En tu casa.

SOMBREADO

Jack soportó el suyo en silencio. Dijo que no tenía que ser perfecto, solo cuidado. August no era un artista, así que no tenían grandes expectativas, pero aun así, sus manos temblaban de nervios.

La piel pálida de Jack estaba tan cálida; los latidos de su corazón bajo sus costillas, como un ave que aleteaba dentro de una jaula. Tembló ante el primer pinchazo.

Se estremeció. August no había comprendido la intensidad de su cercanía cuando Jack le estaba haciendo su propio tatuaje. Había estado demasiado ocupado gritando.

–*August* –susurró Jack. Yacía muy quieto, con una expresión indescifrable en su rostro y los ojos cerrados con fuerza.

August no le respondió, estaba poniéndose a ritmo con el trabajo. Limpió la tinta y la sangre, y se acercó un poco más. Nunca olvidaría la sensación de ese momento.

Estaban respirando a la par.

August limpió y pinchó y limpió y pinchó hasta el final. Luego, sin pensarlo, apoyó su cabeza contra el cuerpo de Jack y cerró los ojos. Jack enterró sus dedos en el cabello de August y lo sujetó con fuerza.

ENTONCES

No fue mucho después cuando August *lo notó*. Jack se quedaba mirando a la nada, luego parpadeaba algunas veces, como para aclararse la vista.

Pensándolo en retrospectiva, tal vez Jack supo el momento exacto en el que había cruzado la línea, pero estaba demasiado asustado para hacer algo al respecto. Y quizás simplemente no le importó. De cualquier manera, al mirar atrás, así es como comenzó.

–¿Viste eso? –preguntaba cada vez con mayor frecuencia.

–No, ¿si vi qué? –respondía August.

–Nada. Fue solo... nada –Jack sonreía vacilante, como si no supiera si reír o llorar.

AHORA

Cuando le preguntaban sobre eso en el hospital, August siempre les contaba la misma historia. Nunca hubieran comprendido si les decía que él simplemente *supo* que algo había cambiado, no sin volver a la conversación sobre la "relación romántica" en la que intentaban forzarlo a admitir que estaba enamorado de Jack. Lo que era *terriblemente* irritante.

Así que, en su lugar, les contaba la historia del partido de rugby, en el que Jack había dejado de jugar, se había quedado de pie, inmóvil durante algunos segundos mirando a lo lejos y luego salió corriendo del campo de juego sin decir una palabra. Jack no quiso hablar sobre eso con nadie. Ni con el entrenador. Ni con sus compañeros del equipo. Ni siquiera con August, aunque más tarde, se había disculpado con él por no haberlo hecho.

Pero sí, eso era.

Si los parpadeos no lo hubieran puesto en evidencia, el largarse del campo durante los minutos finales de un partido sin ningún motivo aparente lo hizo bastante condenadamente obvio.

CÚRCUMA

Fueron a visitar a Rina.

Le habían llevado algunas cosas de la fábrica de juguetes para su apartamento, así que ella les preparó curry como agradecimiento. Lo comieron sentados en el suelo, con las piernas cruzadas, sobre un tapete viejo y rasgado.

Apenas media hora más tarde, Rina se puso de pie y levantó su plato.

–Lamento tener que despedirlos tan temprano, chicos, pero tengo que prepararme para ir a trabajar.

–Seguro, no hay problema –dijo Jack poniéndose de pie también–. Lavaremos los platos y nos iremos en un minuto.

–No tienen que hacer eso –respondió Rina con el ceño fruncido.

–No es nada –insistió Jack, levantó el plato de August y fue a la cocina. Rina miró a August esperando una explicación.

–A Jack le gusta ser útil –explicó encogiéndose de hombros.

Rina asintió comprensiva y desapareció en su habitación.

–No rompan nada –advirtió y cerró la puerta.

D'AULNOY

De la casa de Rina fueron directamente al bosque. Ya era casi una tradición.

–Ella, ¿te gusta? –preguntó Jack. Era otoño, pero aún hacía calor y los árboles estaban cubiertos por un reflejo dorado.

–Sí. Es linda –August pateaba hojas al caminar.

–Esperaba que fuera así. Ella es muy lista. Le gusta mucho Shakespeare, como a ti –agregó Jack mientras acariciaba nerviosamente su cabeza afeitada.

–Espera, ¿por qué intentas hacer que me involucre con ella? –August se detuvo.

–Bueno... ella es hermosa y brillante. Le gustan todas las cosas estúpidas que te gustan a ti. Es muy parecida a ti. Es... –Jack se detuvo, observando un árbol.

–¿Qué? ¿Qué hay?

–No es nada –respondió Jack apartando la vista rápidamente.

–NO. ¿Qué-es-lo-que-ves? –exigió August.

–Veo un ave –dijo Jack, sonrojado–. Un ave dorada –admitió en voz baja.

August observó el árbol con detenimiento. No había nada allí.

AYUDA

Volvió a ocurrir, una y otra vez.

Jack miraba a lo lejos, como si viera algo, pero no había nada allí. August insistía en saber qué estaba viendo Jack quien, a su vez, se sentía obligado a contárselo.

Jack intentaba esconderlo, intentaba apartar la mirada cada vez más rápido, como si *alguna vez* hubiera podido esconderle algo a August –August conocía el rostro de Jack tanto como el suyo propio–. Conocía todas sus expresiones y su significado. Le enojaba que Jack se sintiera avergonzado y asustado. Que estuviera ocultándole lo que ocurría, aunque sabía por qué lo hacía.

Probablemente ni siquiera se lo había dicho a sus padres aún.

August se sentía tan frustrado que deseaba empujar a Jack contra un árbol y descargar su rabia a gritos contra él. Y quemar al mundo entero. Gritar hasta que Jack se encogiera de miedo, hasta que su rostro se enrojeciera y que, al fin, se entregara de una vez.

Que, al fin, lo dejara *ayudar*.

MIÉRCOLES

Jack lo miraba con ojos ansiosos desde el otro lado del comedor, mientras sus amigos se reían a su alrededor. Carrie-Anne estaba abrazándolo y conversando con sus amigas. Ella no podía ver el rostro de Jack, su ceño cada vez más y más fruncido.

–Está bien –le dijo August con sus labios y le sonrió para animarlo. Los hombros de Jack se relajaron un poco, no por completo, pero fue suficiente por el momento.

Si Jack no podía disimularlo frente a sus amigos, August no sabía qué podría llegar a ocurrir. No tenía idea de cómo reaccionaría un enorme grupo de deportistas, pero sospechaba que no sería agradable. Solo tenían que lograr pasar el día de clases. Eso era todo.

August observó detenidamente, hasta que Jack volvió a ponerse cómodo y comenzó a hablar con las personas a su alrededor. *Alivio.* Cuando volteó para seguir comiendo su almuerzo, Peter lo atravesó con la mirada.

–¿Harás algo con Jack?

–Apártate de mí, Peter –respondió August y cerró su casillero de un golpe.

–No soy Peter; soy Roger. Aunque él me dijo que habló contigo. Es un poco brusco, me disculpo por eso. Intento hablar de eso con él, pero no creo que cambie en un futuro cercano.

–¿Por qué están molestándome con esto? –preguntó August molesto.

–Ah, qué duro. Pensé que éramos amigos –dijo Roger con una mueca.

–Sí, bueno. Lo somos, supongo, pero no sueles hablar tanto. Discúlpame si soy algo reacio al cambio.

Roger asintió, como si comprendiera.

–¿Me creerías si te digo que solo estamos preocupados por esto? Algo realmente malo ocurrió con nuestra tía. Jack le ha despertado ese recuerdo a Peter y se ha puesto muy ansioso al respecto. Y, cuando él no está feliz, yo no puedo ser feliz porque él no me deja. Así que aquí estoy, hablando... –abrió los brazos y miró hacia arriba en un gesto dramático. August resopló; ahora sabía cuál era el gemelo divertido.

–De acuerdo. Podemos hablar de esto. Pero solo si se mantiene entre nosotros.

–Palabra de explorador –asintió Roger llevando su mano a la sien–. Pero ten en mente que esta clase de cosas no se quedan en secreto por mucho tiempo...

DISECCIÓN

–¿Cómo se siente?

Jack redondeó sus labios y aspiró una vez, con cuidado de no humedecer el filtro antes de pasarlo. Exhaló el humo y descansó su cabeza en el sofá de August.

–Es tan claro como el día, solo que hay cosas que no deberían estar ahí. Cosas imposibles. No es aterrador. Ninguna de ellas es aterradora. Lo que da temor es que todo esto esté ocurriendo. Cosas como estar sentado en el salón de clases, mirar por la ventana y ver una medusa flotando en el cielo. Tan real como tú y yo. Y sé que no está ahí. Yo solo... maldición, no lo sé.

August lanzó anillos de humo al aire y luego los esfumó con sus dedos. Y jugueteó con su encendedor un momento.

–Tal vez están allí y tú eres afortunado de ser el único que puede verlas y hacer algo con ellas.

–Cierra la boca, August. No es así –Jack sonó ofendido.

August giró y miró a Jack, hasta que los cansados ojos color café se encontraron con los grises de Jack.

–Está empeorando. Era poco al comienzo, pero ahora ocurre todo el tiempo –admitió Jack.

–¿Estás viendo cosas ahora?

–Sí.

–¿Qué?

–A ti.

August cerró los ojos.

ILUMINACIÓN

August se reunió con Roger y con Peter en la entrada de la finca familiar de los hermanos.

Los Whittaker eran la familia más adinerada del pueblo. Técnicamente no tenían *necesidad* de vivir entre los "pueblerinos", pero el padre de los gemelos había decidido quedarse en su pueblo natal por razones emocionales. Así que construyó una enorme mansión sobre una colina. Él y su esposa volaban a la ciudad a trabajar al comienzo de la semana y regresaban los fines de semana. Era como un gran evento y todos en el pueblo lo sabían, porque el matrimonio volaba en su helicóptero privado desde su propio helipuerto. Era algo que realmente no podía ignorarse.

Pero era jueves, así que la casa probablemente estuviera vacía. Roger le sonrió mientras atravesaba las puertas.

–Tengo que reunirme con alguien para un proyecto grupal en un par de horas, así que hagamos esto rápido –dijo August mientras dejaba caer su bolso junto a la puerta y se quitaba los zapatos.

–Estoy de acuerdo. ¿Puedes guiar a August al estudio? Tengo que buscar algo –comentó Peter y desapareció en las profundidades de la casa.

–¿Él siempre te dice qué hacer? –preguntó August con la nariz arrugada.

Roger solo se encogió de hombros y le indicó que lo siguiera.

LIBROS

–Para empezar, debo decir que no sabemos exactamente qué está mal con Jack. Somos adolescentes, no médicos profesionales –dijo Peter mientras dejaba caer una copia del DSM-IV sobre la mesa.

–De todas formas, podemos darte algo de información que te será de ayuda –continuó Roger y colocó un libro delgado junto al DSM-IV.

–Una de nuestras tías tenía alucinaciones y era algo totalmente terrible. Toda esa clase de cosas son degenerativas. Si Jack ha tenido lo que sea que le ocurra por mucho tiempo, sin duda está empeorando –agregó Peter con una mano sobre el manual–. Este libro se usa, sobre todo, para diagnosticar desórdenes psicológicos. Es de nuestra madre, así que nos gustaría que lo devuelvas lo más pronto posible.

August asintió y apartó el cabello de sus ojos.

Roger lo observó por un momento con la cabeza ladeada.

–¿Jack ha hablado de esto con alguien? ¿Con sus padres o tal vez con un médico, o algo?

–No, no lo creo. Hasta ahora las únicas personas que saben algo de esto somos él, yo y ustedes –admitió August tímidamente. Roger le lanzó una mirada a Peter.

–Me pediste que no se lo contara a nadie... y hemos estado hablando de eso y decidimos respetar tu decisión. Pero solo con una condición.

–¿Y cuál sería? –preguntó August.

–No podemos permitir que nadie resulte lastimado. Si alguien resulta lastimado, hablaremos. Incluso si las únicas personas heridas son Jack y tú... Aunque *espero* que la situación no se ponga *tan* mal antes de que dejes toda esta estupidez de mantenerlo en secreto y busques a alguien que pueda ayudar realmente –respondió Peter con seriedad.

August asintió. Podía aceptarlo. Recogió los libros que los gemelos le prestaron y salió solo de la casa.

LAS BAJAS

–Bueno, esta posición es conocida –comentó Gordie al inmovilizarlo contra el suelo. Reía mientras presionaba, entre sus muslos, las caderas de él.

August dejó caer su cabeza sobre el césped.

–Que Dios me ayude, Gordie, si no te *corres*.

–Eso es exactamente lo que quiero hacer.

August se sonrojó inevitablemente, luego se sacudió, intentando escapar con renovadas fuerzas.

–¡VEN AL CONCIERTO CONMIGO! –gritó ella en su rostro.

–Tengo planes. Y tienes diez segundos antes de que comience a gritar "seguridad".

–Perra marica.

–Debería lavarte la boca con jabón –respondió August mientras intentaba valientemente girar sus muñecas para liberarlas de las manos de Gordie. Maldición, necesitaba hacer más ejercicio.

–De acuerdo, bien –Gordie sonrió–. Ve con tu novio –bromeó–. Pero me debes un beso para compensar el costo de los boletos.

–Si lo hago ahora, ¿te quitarás de encima? Estás por romperme la pelvis.

En lugar de ello, Gordie le dio un golpe.

August: estás ocupado esta noche?

Jack: Sí

August: cancela tus planes, quiero llevarte al río

Jack: August, tengo otras cosas de que preocuparme además de tu crisis de conciencia

August: podemos volver a llamar a rina si vienes

Pasó casi una hora hasta que August recibió una respuesta. Y no fue solo porque Jack estuviera en clases, él mandaba mensajes durante las clases todo el tiempo. Estaba ignorando a August en forma deliberada. A Jack no le agradaba que lo sobornaran y menos si quien lo hacía era August. Pero hablar con Jack acerca de cómo solucionar las cosas era lo suficientemente importante como para intentarlo. Cuando por fin August obtuvo una respuesta, era solo una palabra:

Bien

August metió el celular en su bolsillo y fue a su clase de trigonometría.

CORTE

August se peinó el cabello con los dedos. Habían pasado semanas desde su último corte. Había estado demasiado ocupado últimamente. Pero no podía retrasarlo mucho tiempo más. Quería verse bien. Tomó algunas cosas de la cocina y bajó al sótano.

–¿Mamá?

Ella no apartó la vista de *Jeopardy!*

–Mamá, ¿puedes ayudarme? –insistió. Él apartó la manta que cubría los pies de ella y dejó las tijeras y la rasuradora sobre su falda. Luego August se sentó y esperó. Tardó un poco, pero finalmente las manos de ella se posaron sobre su cabeza.

–Lo has dejado crecer –dijo con tranquilidad–. Solías cortarlo cada semana. Te queda bien así... ¿estás seguro?

August asintió y cerró los ojos.

Ella dividió su cabello y comenzó a trabajar.

Esa debía ser la única cosa en la que se concentraba tanto como en la televisión. Medía el largo del flequillo con sus dedos y rasuraba con cuidado el cabello de la nuca. Tarareaba y chasqueaba la lengua mientras lo hacía y barría los cabellos de los hombros con manos suaves.

Cuando acabó, apoyó las dos manos en los hombros de August y lo besó tiernamente en la cabeza.

–Ya está. Perfecto.

EL RÍO

Jack ya estaba molesto cuando llegó. Pero August sentía que tenía más razones para estar enfadado, así que no le importaba lo que sintiera Jack. Caminaron hacia el río en silencio, sin siquiera mirarse el uno al otro hasta llegar a la costa.

–¿Por qué me trajiste aquí, August?

–He estado leyendo... No estás bien, Jack. Estás haciendo un buen trabajo para mantener la calma, pero no estás bien –respondió. Tomó una piedra y la arrojó al agua–. Tenemos que decírselo a alguien.

–No se lo dirás a nadie –reaccionó Jack con repentina autoridad.

–Tenemos que hacerlo –insistió August apretando los dientes–. Las cosas pueden ponerse mucho peores, Jack. No tienes idea.

–¿Yo no tengo idea? ¡¿Yo no tengo idea?! –gritó Jack–. ¡Tú ni siquiera sabes cómo se siente! No te está ocurriendo a ti. Me está ocurriendo a mí...

–Y por eso estamos aquí –interrumpió August–. *Está* ocurriéndome a mí. No he dormido en *días* buscando respuestas, investigando y, en general, enloqueciendo. No puedes hacer esto solo, Jack. Y no deberías hacerlo. Estoy en deuda contigo.

–No estás en deuda conmigo –sentenció Jack–. Tienes ese delirante sentido del deber que no tiene nada que ver conmigo, en el que te has escudado como si fuera alguna extraña clase de objeto transicional. Es estúpido. ¡¿Por qué me arrastraste todo el camino hasta aquí en primer lugar?!

August sintió como si Jack le hubiera arrancado el corazón y lo hubiera apretado hasta hacerlo estallar; le dolía tanto que no podía respirar. Así que se acercó y golpeó a Jack en el rostro lo más fuerte que pudo.

La incipiente barba de Jack raspó su piel; sus huesos estaban demasiado cerca de la superficie. Eso era tan extraño. August nunca había hecho eso antes, él nunca lo había lastimado. Se sentía horrible.

Era poner más dolor sobre el dolor. Hubiera sido más fácil si Jack lo hubiera golpeado primero.

August rugió:

–¿Cómo puedes decir eso? ¿Cómo?

Jack parecía sorprendido y adolorido, pero se veía tan enojado como él.

–¿Olvidaste lo que ocurrió aquí? ¿Te he traído aquí por nada? –señaló August con su brazo violentamente al agua –. ¡¿Olvidaste lo que dijiste?!

–¿Lo que dije? ¿De qué estás hablando, August? –preguntó frotando su mejilla.

–¡Dijiste que te pertenecía! –gritó August–. Tomaste mi brazo y dijiste que era tuyo. Debes haberlo olvidarlo, pero yo no. No *puedo*. No pude acercarme al agua por semanas después de eso porque estaba terriblemente aterrado. No estaría aquí si tú no me hubieras rescatado. Tú dijiste que yo era...

Jack lo miraba como si nunca lo hubiera visto antes.

–*August* –dijo con tono incierto.

–Ha pasado mucho tiempo para poder cambiarlo u olvidarlo, así no puedas creerlo o ni siquiera... siquiera te importe –August tragó saliva. Nunca había llorado abiertamente frente a nadie y no planeaba comenzar en ese momento. Parpadeó con fuerza y respiró hasta que estuvo listo y volvió a comenzar.

»No se trata solo de ti, Jack. Somos los dos. Eres mi mejor amigo. Y lo que dijiste... es una porquería. No es *estúpido*, ni un objeto transicional ni nada de esa basura. Es real y significa algo. O al menos, para mí.

Jack lo observó.

–¿Esto era lo que querías? –preguntó.

August se sintió débil.

–Esto es lo que creía que *éramos* –replicó August.

El río formaba olas en la orilla que llegaban a tocar sus pies, aunque ninguno de los dos se había movido. Jack asintió y miró al suelo, murmurando para sí mientras intentaba comprender. Finalmente, luego de una eternidad, levantó la vista hacia August y caminó hacia él con determinación. Sin advertencia, lo sujetó del cabello y jaló su cabeza hacia atrás, ignorando el jadeo que salió de sus labios.

August cerró los ojos. El dolor era tan claro y punzante como la estremecedora calidez del antebrazo de Jack sobre su nuca.

–Bien –rugió a centímetros de su oído–. Este es tu juego, August. Lo jugaré mientras tú haces las reglas. Pero *jamás*, jamás vuelvas a golpearme.

Lo soltó y August cayó de rodillas.

Jack no miró atrás luego de voltear y alejarse. Mientras August escuchaba sus pasos sobre las hojas y el rugido de su motor al encender el auto, se preguntó vagamente: *¿Alguien en el mundo tendrá un amigo así?*

OMEGA

Las actitudes contradictorias de Jack siempre tomaban a August por sorpresa. La siguiente vez que lo vio fue como si aquella discusión nunca hubiera ocurrido. Su amigo estaba en su estado habitual: haciéndose el tonto, relajado e irritantemente insistente. Todas las cosas por las cuales August ponía los ojos en blanco, pero que en verdad le agradaban.

Y también estaba la otra versión de Jack. La versión que August sospechaba que estaba reservada solo para él. El Jack egoísta, demandante y aterrador; con sus grandes ojos entornados como la mirada de una serpiente. El Jack que usaba su fuerza para manipularlo como le pareciera conveniente. Cuya intensidad hacía que a August se le erizara el vello de todo el cuerpo.

Estaba seguro de que tenían una clase de relación abusiva, pero el "Jack Enfadado" era muy ocasional, así que decidió postergar ese tema por el momento, incluso aunque aún sintiera dolor en su cuero cabelludo. Tenía mayores problemas con los que lidiar en ese momento.

Caminaron lado a lado. La magulladura en la mejilla de Jack seguía de un morado intenso, pero allí estaba, quejándose de los cereales y arrojando una manzana al aire, como si su otra versión no existiera.

LOS GEMELOS

Roger fue solo a la escuela ese día y fue la gran cosa. Al parecer, ni siquiera los chicos que habían estado en la primaria con ellos habían visto que eso ocurriera jamás. Pero lo que August creía incluso *más* interesante era que no se trataba realmente de Roger. Se trataba de Peter que *fingía* ser Roger.

Lo descubrió cuando alguien en clases levantó la mano para hacer una pregunta estúpida y Peter reaccionó frunciendo el ceño con desdén. A Roger normalmente no le importaban ese tipo de cosas.

August lo abordó de inmediato después de clases.

–¿Dónde está Roger?

–Pienso que comienzas a conocernos demasiado bien –respondió Peter alzando una ceja con expresión sorprendida–. Roger está en casa. Están haciendo exámenes de drogas hoy y piensa que no los pasará, así que los haré por él –ajustó las correas de su mochila–. No es necesario que te diga "no se lo digas a nadie". Creo que tenemos un trato.

–Sí. Claro –August puso los ojos en blanco ante la amenaza–. Solo me preguntaba qué sucedía, no intento hacer carrera como un superdetective independiente. Como sea, me gustaría verlo más tarde, ¿crees que le parecerá bien?

–Sí, probablemente –respondió y se encogió de hombros–. Le agradas, tú sabes. Solo no hagas ningún desastre en nuestra casa y todo estará bien –Peter acomodó la mochila de Roger sobre sus hombros y se alejó.

PERSPECTIVA

Gordie lo alcanzó mientras caminaba a la parada del autobús.

–Oye. *Oye.* ¿Con quién irás al baile de bienvenida?

–¿Baile de bienvenida? –August entornó los ojos, ¿ya era época del baile de bienvenida?

–Hubo letreros toda la semana –Gordie lucía molesta–. Se supone que votaremos al rey y la reina el próximo viernes. ¿Con quién irás?

August ni siquiera los había visto. Tenía demasiadas cosas importantes de qué ocuparse como para preocuparse por un baile. Las misteriosas visiones de Jack, por empezar. Que su mamá no descubriera que él estaba metiéndose regularmente en un edificio a robar porquerías era otra. Y estaba bastante seguro de que obtendría una D en Historia.

–No creo que vaya... –comenzó a decir.

–Ven conmigo –interrumpió ella y las mejillas de Gordie se ruborizaron como melocotones maduros–. Ven *conmigo.*

MARIO KART

—Así que iré al baile de bienvenida con Gordie. Me interceptó de camino aquí —comentó August mientras dejaba caer su mochila en el suelo de la habitación de Roger—. ¿Con quién irás tú? ¿Con Peter? —bromeó.

Roger no sonrió. Solo se encogió de hombros y prendió su *PlayStation*.

—¿De veras? —preguntó August, incrédulo.

—¿Con quién más? —dijo el gemelo, como si no fuera algo extraño.

—Puedes intentar ir con una chica —respondió August con ironía y se sentó frente al televisor. Flexionó las piernas, se cerró en un ovillo lo mejor que pudo y luego tomó un control.

—No me agrada ninguna chica de nuestra escuela, a excepción de Gordie, y no puedo simplemente acercarme a hablarle a una chica cualquiera —explicó Roger encogiéndose de hombros—. Además, ¿qué hay de malo en que vaya con Peter? Voy con él a todos lados de cualquier manera.

—Sí, en verdad, eso también es extraño. ¿Los gemelos no suelen esforzarse para ser diferentes? Porque ustedes están haciéndolo bastante mal.

Roger inclinó la cabeza y lo miró de forma burlona.

—No, no es así. Alguna vez, fuimos la misma persona y decidimos que nos gustaba que así fuera. No es extraño. Solo es... inusual. Y, de cualquier forma, solo por ser inusal no lo hace automáticamente malo. Tú entre todo el mundo deberías entenderlo.

Y luego Roger dejó de hablar y presionó *Play*.

LA SEMILLA Y EL BROTE

Salieron de la escuela y regresaron a la casa de Jack. No había nadie. Nunca había nadie en su casa.

Abrieron el gabinete de bebidas de su papá, robaron algo de whisky y subieron a sentarse en el techo.

–Hay trozos de selva que cubren la calle –comentó Jack.

–¿De veras?

–Sí, el segundo sol hace que las cosas se vean muy brillantes por aquí –respondió Jack con ligereza.

–El segundo, ¿Qué?

–Es fácil fingir que no está ahí. Es decir, ¿quién mira al sol a toda hora del día? –Jack miró a August con indiferencia.

–Entiendo –murmuró August mientras golpeaba el techo con sus talones.

–Hablando de eso, creo que hemos hecho un buen trabajo pretendiendo que nada de esto está ocurriendo –respondió Jack.

–Lo sé –admitió August–. ¿Es muy difícil?

Jack hizo una mueca y bebió un trago de whisky.

–Siempre puedes... dejar de hacerlo. De fingir, quiero decir –agregó August con tranquilidad–. Bueno, obviamente no en la escuela, pero cuando somos solo nosotros... ¿nosotros y Rina?

–¿Y de qué servirá eso? –dijo Jack con la vista en el sol del atardecer–. Y no quiero arrastrar a Rina en esto. Está jodido.

–Sí. Está jodido.

SIETE

Las cosas cambiaron después de eso.

Jack comenzó a decirle a August lo que veía, sin que se lo pidiera. Había personas, animales y objetos en su mundo, y era muy bueno describiéndolos. Al parecer, también era interactivo, lo que parecía algo genial.

De hecho, todo era bastante genial si no pensaban en ello *en absoluto*, algo con lo que August ya se sentía ciento por ciento cómodo.

Jack acariciaba gatos que no estaban y saludaba a personas tan traslúcidas como un vidrio. Ya no le importaba. La escuela duraba solo siete horas, nueve cuando había juegos. Al salir, era fácil dejar de preocuparse. Y tenía muchas horas para hacerlo cada día.

A August le parecía divertido, pero era esa clase de diversión que se siente urgente. Como si tuvieran que liberarla toda de una vez antes de que algo terrible acabase con ella abruptamente.

Pero no le mencionó eso a Jack.

Solo lo dejó cazar mariposas invisibles bajo la luz de un segundo sol invisible.

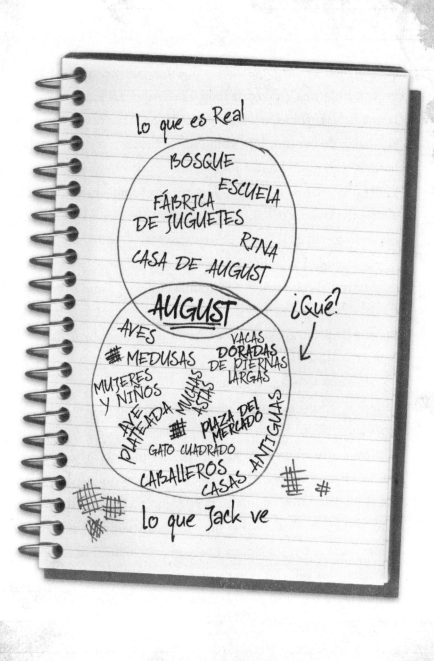

EXCURSIÓN

Alex intentaba arrastrar a todos al pueblo siguiente, porque estaban organizando una especie de feria de ciencias. La única razón por la que había logrado convencer a Gordie de ir fue porque, cerca de allí, había un bar muy bueno con tiro al blanco, en el que dejaban pasar a menores. El único motivo por el que August iba era para poder proveerse de cigarrillos. Los gemelos simplemente subieron al asiento trasero del auto de Jack, como si él no los estuviera mirando con malicia.

Por supuesto, el auto estaba demasiado cargado. Jack y August se sentaron al frente, Alex y los gemelos atrás, y Gordie recostada sobre la falda de los tres: sus rodillas dobladas sobre el brazo de Roger y la cabeza apoyada en la enorme computadora de Alex.

Alex se quejó:

–¿Por qué no puedo ir adelante?

Jack la ignoró. Lo habían metido en eso porque era el único que tenía auto.

No era un camino demasiado largo; ni aunque estuviera comenzando a nevar. Atravesaron las enormes colinas que separaban los pueblos y aparcaron en una zona residencial. Tan pronto como el auto se detuvo, Alex abrió la puerta trasera. Gordie bajó directamente hacia el bar sin siquiera preguntar si alguien quería ir con ella. Alex y los gemelos recogieron sus cosas de la escuela, extrajeron un mapa y fueron hacia la feria de ciencias. Solo Alex recordó agradecer por el aventón.

Jack y August permanecieron sentados en silencio un momento. El interior del auto aún estaba cálido y ninguno de los dos sentía ganas de salir realmente.

–¿Qué ves ahí afuera?

Jack apoyó la cabeza en su asiento, con su mentón anguloso hacia arriba y los ojos cerrados. Sonrió, a pesar de que lucía un poco cansado.

–Nada aún.

–¿A dónde quieres ir?

–No lo sé. Solo caminemos un poco.

PISTA DE HIELO

Por primera vez en meses, las cosas estaban en verdad relajadas.

Hacía frío afuera, pero la mamá de August había tejido unos bonitos mitones para ambos hacía algunos años y aún les servían. Primero, fueron a buscar los cigarrillos de August a la pequeña tienda que vendía a menores y luego regresaron a la pista de hielo, para fumar y ver a las personas patinando.

–¿Deberíamos buscar algo de comer?

–¿Eh? –Jack se echó a reír–. Me siento como en una cita.

–Es por la estúpida nieve –dijo August, con el ceño fruncido–. Sin los árboles, todo se ve como en las películas.

Ambos miraron hacia el cielo. August sonrió:

–¿Sería algo cliché que hiciéramos una guerra de nieve?

–Preferiría morir antes que dejar que mojes los asientos de mi auto –respondió Jack con indiferencia.

–Bien, bien. ¿Quieres ver cómo está Gordie? Estoy seguro de que hay comida en los bares.

Jack se encogió de hombros y August lo tomó como un sí.

RIÑA

Gordie estaba bailando sobre una mesa rodeada de motociclistas. August y Jack se quedaron detenidos en la puerta, observándola horrorizados, hasta que alguien les gritó que cerraran.

Todos en el bar lucían aterradores. Había demasiado cuero en todas partes. August tomó a Jack del brazo, lo arrastró adentro y lo sentó en una banca de la barra.

—La cocina, ¿sigue abierta?

—No. Y no me sentaría ahí si fuera tú. Ese es el lugar del Perro —el camarero lo miraba como si August debiera saber que eso era algo importante.

—¿Quién es *el Perro*? —preguntó August.

El camarero señaló a un hombre imponente, al otro lado de la habitación, de pie junto a la mesa en la que Gordie bailaba. Lucía como un Hagrid sediento de sangre.

—Jesús, María y José —suspiró Jack.

—Bueno. Parece que ya es hora de ir a casa. Prepararé para los dos algo de sopa al llegar —dijo August. Atravesó el bar, abriéndose camino entre el mar de hombres hasta llegar a la mesa y apartó al Perro con brusquedad—. Gordie.

Gordie volteó y le sacó la lengua. Estaba completamente ebria.

—¿Acaso me tocaste? —gruñó el Perro en tono amenazador. August lo ignoró y subió a la mesa.

—Nos vamos a casa, Jack está aterrado y tengo que preparar la cena. ¿Puedes caminar?

—No lo creo —Gordie lanzó un eructo en su rostro.

Todos en el bar estaban gritándole a August que se bajara de la mesa. Él sonrió, luego sujetó a Gordie y la levantó sobre su hombro como si él fuera un rescatista, y bajó de la mesa. El Perro lo empujó y casi caen al suelo.

—*Dije: ¿acaso me tocaste?*

—Bueno, si tienes que preguntarlo, la respuesta probablemente sea sí —August había alcanzado el límite máximo de indiferencia—. Ella tiene diecisiete. Ni siquiera debería estar aquí. Así que, ¿podría simplemente llevarla a casa, maldita sea? ¿Y si ella fuera su hija?

El Perro rugió y quebró una botella contra la punta de la mesa. Todo el bar quedó en silencio.

—Oh, guau. De acuerdo. Lo siento, en verdad lo siento, señor —continuó, mirando a Jack aterrorizado.

Jack se encogió de hombros.

—Solo quiero llevarla a casa, ¿de acuerdo? —explicó mientras el Perro volvía a sentarse, aún con mirada amenazadora—. Todavía tenemos que recoger a otros tres chicos que dudo que hayan tenido una comida adecuada, y se está haciendo tarde...

—Eres como un extraño padrecito —comentó uno de los motociclistas que lo miraba con curiosidad.

—Ven Jack, nos vamos a casa.

Jack se levantó de su banca y lo siguió afuera.

MELANCOLÍA

Luego de recoger a Alex y a los gemelos, fueron a la casa de August y jugaron Monopolio mientras él preparaba sopa de tomate con pan tostado texano.

Su mamá no subió ni una vez para comprobar quién estaba haciendo tanto ruido. De todas formas, August bajó para llevarle su cena y decirle lo que estaba ocurriendo.

Era difícil algunas veces. Pero tener una madre así era práctico cuando se tenían planes de último momento. August nunca tenía que pedir permiso para nada y podía hacer casi lo que quisiera.

Luego buscó todas las mantas del armario del corredor y preparó una enorme cama con almohadas en el suelo de la sala, para que todos durmieran. Él se durmió, por un lado, con Gordie acurrucada contra un costado y, por otro, con la cabeza de Jack apoyada sobre su estómago.

Nadie comentó nada al respecto cuando se despertaron por la mañana del día siguiente.

LIBRE

–Creo que intenta comunicarse conmigo –dijo Jack de pronto en medio del silencio de su rincón en la biblioteca.

–¿Qué quieres decir?

Jack volteó para mirarlo, con la cabeza apoyada ociosamente contra la pared.

–¿Recuerdas que, hace unos días, dijiste que yo era afortunado por poder ver todas esas cosas? El modo en que lo dijiste me hizo pensar, ¿y si tienes razón y todo lo que veo es real? Como, ¿y si...? Deja de sonreír, August. Por *Dios*, no te burles de mí. No estoy bromeando.

August solo negó con la cabeza, pero logró dejar de sonreír, así que Jack continuó:

–Pienso, ¿y si mi mente está logrando percibir una dimensión paralela? Como si fuera un lugar que sí existe, pero cuya existencia estuviera en un nivel debajo de esta dimensión. Como si fuera real, pero no. ¿Qué piensas?

August se mordió el labio inferior por un momento, pensándolo. Era una idea extraña. Pero sería mejor considerarla y estar equivocado que ignorarla y arrepentirse más tarde.

–Bueno... normalmente diría que estás perdiendo la cabeza. Pero estoy bastante seguro de que ya está perdida.

–Como sea –resopló Jack.

HONESTIDAD

Honestamente, tenía algo de sentido. La percepción es relativa. Y también la cordura, si lo consideras. Es una cuestión totalmente relativa a Minorías contra Mayorías. Si caes a un lado de la línea, toma tu pase y procede. Si caes del otro, las pesadillas se hacen realidad.

Pero, de cualquier manera, sonaba interesante investigar la idea de Jack. Sería interesante llegar hasta los límites de su mundo. Cruzar las barreras. August compró un anotador, para poder escribir y dibujar lo que Jack veía, y así detectar cambios e incongruencias.

Ya hacía tiempo que les había regresado el DSM-IV a los gemelos, pero en verdad deseaba poder recuperarlo. O tal vez, hablar con alguien sobre eso. Solo para saber si iba por el camino correcto con lo que creía que le ocurría a Jack. O descubrir si sería peligroso dejar que Jack diera rienda suelta a todo eso.

Gracias a Dios por Wikipedia, Google y WebMD.

MEJORA TU JUEGO

–Todo es ligeramente más vívido. O tal vez, es solo que la realidad es más sombría. No lo sé. Es como el filtro en una fotografía. Además, no todo está exclusivamente centrado en mí. Solo está ahí, relacionándose de forma independiente con nuestro mundo... –Jack hablaba frotándose las rodillas con nerviosismo–. O con cosas fuera de la imagen a las que yo no tengo acceso aún. Además, todo se limita a lo visual. Puedo ver cosas y tocarlas, pero no puedo oler, escuchar ni saborear nada. Algunas veces, las personas quieren hablarme, pero no puedo escucharlas. Siempre parecen bastante alteradas y extrañamente urgidas por lograr que las comprenda.

–¿Cómo lucen? –August estaba transcribiendo en su anotador todo lo que Jack decía.

–No lo sé –Jack arrugó la nariz mientras pensaba–. Es difícil de describir. ¿Extraña ropa antigua? ¿Máscaras? Lucen sucios, como todos en el pasado. A decir verdad, se siente un poco como si estuviera caminando en uno de esos pueblos donde hacen todo al estilo antiguo, para que los visiten los turistas.

–Eso suena... tienes que ser más específico –insistió August y picó a Jack en un costado con su lápiz hasta que él se lo arrebató.

–¿Sabes qué? De acuerdo. Buscaré en alguna enciclopedia cultural o algo. No es suficiente que ya estuviera pasándola mal. Ahora estoy viendo esta basura y tengo tarea al respecto –Jack alzó los brazos exasperado y se alejó.

LAS NOTAS

Dedicaron cerca de una semana a hacer anotaciones. August no era un gran artista, pero en verdad, esa no era la cuestión. El punto era poder tener una referencia de las cosas que Jack veía. Así que él dibujaba todo azarosamente con lápices de colores. Era aterradora la cantidad de objetos y de personas que existían en el mundo de Jack y no en el de August.

Había seis personas que aparecían con regularidad. Dos de ellas intentaban hablar con Jack: una chica y un niño pequeño. Las otras cuatro solo aparecían y desaparecían al azar. También había algunos animales; la mayoría totalmente imposibles de identificar y muy difíciles de describir.

Pero lo que más le gustaba a Jack, y a August le parecía más interesante, eran los objetos. Todos ellos parecían antiguos, según Jack, y encontraba versiones similares de ellos en la enciclopedia escolar, algo que a August, en verdad, le ponía los pelos de punta.

Jack comenzó a recolectar cosas de su mundo en una esquina de su habitación. Encintó el área, para que August no tropezara con la pila ni rompiera nada.

No parecía que August pudiera interactuar con nada pero, en verdad, aún no querían probar esa teoría.

ALMUERZO

—No sabía que tenías un tatuaje —comentó Gordie, mirando fijo en el cuello de August de manera irritante—. ¿Dónde te lo hiciste?

—Jack me lo hizo hace unos meses —respondió August y subió el cuello de su camiseta, para ocultarlo.

—¿Dejaste que alguien no profesional, sin licencia, te pinchara varias veces, en lugar de ir al siguiente pueblo a que te lo hiciera alguien que realmente supiera lo que hace? —preguntó Alex horrorizada.

August se encogió de hombros. Podía sentir el calor elevándose en sus orejas.

—¿Se hicieron tatuajes de amistad? ¿Él también tiene uno? —husmeó Gordie y bajó el cuello de la camiseta de August. Él golpeó su mano y frunció el ceño.

—Yo solo quería uno y Jack estaba ahí, así que lo hizo por mí. No es gran cosa.

—Solo parece algo antihigiénico. E imprudente —comentó Alex mientras lo apuntaba con su tenedor de forma acusadora.

—Inusualmente imprudente —Gordie entornó los ojos con expresión de sospecha.

—Él es distribuidor de drogas, Gordie. Estoy segura de que la imprudencia forma parte de los requisitos del trabajo. Y deja de molestarlo antes de que se ponga tan rojo que su rostro estalle en llamas.

Se rieron y August agradeció a los dioses por el comentario de Alex.

–¿Crees que Jack me haría uno a mí también? –preguntó Gordie–. Intenté hacerme uno en una tienda, pero no tengo dieciocho así que me echaron...

August pensó en Gordie recostada debajo de Jack. La imaginó reviviendo la tensión de ese silencio, que algunas veces hacía que el corazón de August se acelerara si pensaba en él por mucho tiempo. No le agradó la idea.

–No. No lo haría.

ZAPATOS DE CRISTAL

Carrie-Anne había arrastrado consigo a Jack para ir de compras, en busca de atuendos combinados para el baile de bienvenida, así que August se hallaba solo un sábado por la noche. Decidió tomar el autobús al otro extremo del pueblo, para visitar a Rina solo. Ella pareció sorprendida cuando abrió la puerta, pero lo dejó pasar de todas formas.

–¿Estás ocupada?

–No –respondió ella mientras se recogía el cabello sobre la cabeza–. Estaba leyendo un poco.

–¿Qué leías? –August se quitó los zapatos, los dejó con cuidado junto a la puerta y luego se acomodó en el sofá.

–Cuentos de hadas.

–¿Aún lees cuentos de hadas? –preguntó August con una sonrisa.

–Cada porción de la condición humana se encuentra cuidadosamente envuelta en cuentos de hadas. Cada parte de la cultura que nos hace quienes somos –dijo ella con desaprobación–. Cuando era niña, estas cosas eran tomadas con respeto.

–Siempre he tenido problemas con eso –respondió él hoscamente.

–Lo sé –Rina se mofó de él y se sentó en el suelo–. Pero algún día lo aprenderás. La vida te enseña todas las virtudes que no recibes al nacer, de alguna forma u otra. Mi madre me dijo eso.

–Tú mamá suena maravillosa –comentó August y cerró los ojos.

–Lo era.

Jack estaba acostado de espaldas sobre la alfombra de Rina. Ella se había ido a trabajar hacía horas, pero no le molestaba que se quedaran. Con sus manos, él peinaba las fibras despreocupadamente, como si estuviera acariciando los bordes de una corriente. August estaba junto a él, fumando y mirando por la ventana. Prendiendo y apagando su encendedor.

–¿Puedes describírmelo? –dijo de pronto–. Quiero escucharlo todo. Quiero escuchar cómo me veo. Qué llevo puesto.

–Algunas veces cambia –Jack cerró sus ojos al responder–. Al principio, tú llevabas una máscara. Una cosa grande, con plumas, hecha de hueso y oro, con una nariz larga y puntiaguda, como un halcón. Me daba miedo al principio, pero me acostumbré. Después de que peleamos en el río, dejaste de tenerla; solo te veo a ti. Algunas veces tienes ropa normal y otras, como ahora, llevas puesta una armadura de cuero y botas. Te sienta bien.

August pasó una mano por su suéter.

–Además, tu cabello es más espeso. No está engominado ni arreglado como a ti te gusta –Jack se acercó y August le pasó su cigarrillo. Él exhaló el humo hacia arriba.

»Cerca del pueblo hay aves plateadas, tan atrevidas como las palomas. Se acercan demasiado a nosotros algunas veces. Hay unas cosas que son como vacas, pero tienen un par extra de cuernos y sus patas son muy largas. Todos son muy altos. Las casas del pueblo están hechas de palos y lodo, reforzadas con madera y oro. Las personas no parecen creer que el oro sea algo especial, porque está en todos lados. Pero ahora no estamos cerca de las otras casas. Estamos en una colina cerca de un bosque quemado y putrefacto. Está muy oscuro y no alcanzo a ver ninguno de los soles a través de la bruma o niebla, o lo que sea –hizo una pausa para dar otra calada al cigarrillo y lo devolvió con una mueca–. Es aterrador.

–Lo lamento.

–No es tu culpa.

–¿Qué ves al cerrar los ojos? –preguntó August al dejar su cigarrillo.

Jack solo suspiró y lo ignoró.

EL REY DE MIMBRE

Jack dejó un papel arrugado en su mano cuando se cruzó con August en el corredor. Durante su siguiente clase, August lo estiró con cuidado sobre la mesa y leyó el mensaje escrito con la letra descuidada de Jack:

Tenemos que hablar. Vi esto escrito en una pared. Tú sabes dónde...
como sea, lo escribí rápidamente porque pensé que podría ayudar:

> *El ladrón en su ruano*
> *Un biggleby sembró*
> *¡Y floreció!*
> *¿Pero quién puede llamarse su dueño?*

> *Porque recompensado será el que deba escapar,*
> *La ruina y el polvo atravesar*
> *Pero con vanidosa esperanza*
> *Y el Diamante Azul, el más ardiente bramar*
> *Se mantiene firme en el Salón que por nosotros se ha de inclinar.*
> *Pero.*

> *Cuando el Rey Demediado reúna su voluntad y fuerza*
> *La Gran Plaga se propague y los Pastores hagan su rezo*
> *Y Gorgon acabe con el júbilo y la alegría*
> *De buena gana vendrá, ¡el más funesto día!*

La brisa soplando y el frío enfriando
Y la semilla se marchita y muere
Y las estampidas estallan con reglas y mentiras
¡Porque Fortentook trae la eterna noche!
¿Acaso la Gran Plaga se lamentará y Gorgon llorará?,
"El Rey de Mimbre se acerca, ¿por ti o por mí?"

El *Rey de Mimbre*. August sintió que un escalofrío lo recorrió desde la nuca hasta la punta de los pies. Luego escondió el papel en lo más profundo de su mochila e intentó no pensar en él.

ANÁLISIS

–Jack, nada de esto tiene sentido.

–Me lo dices como si eso fuera una novedad.

August miró a Jack, luego al papel y luego de vuelta a Jack.

–Deja de mirarme así. Tiene mucho sentido si lo miras el tiempo suficiente. Es como analizar un poema clásico. Los *bigglebys* deben ser alguna clase de grano o ¿un término general para la buena cosecha? No lo sé. De lo único que estoy seguro es que el Rey Demediado es malo. Las personas confían en el Rey de Mimbre y lo que sea que él use para protegerlos está en el salón de lo que sea que haya desaparecido, que debe ser recuperado antes de que las cosas se pongan realmente mal. ¿Estás conmigo en esto?

–¿En qué? ¿Qué podemos hacer nosotros? –dijo August y se desplomó sobre su escritorio.

–Personalmente, creo que deberíamos salvarlos. Suena como una situación urgente. Y solo porque no sean parte de este mundo no significa que valgan menos que nosotros. Eso es prejuicioso –Jack resopló con dramatismo–. Como sea, eres mucho mejor que yo analizando poesía, así que, ¿puedes echarle un vistazo a esto por mí y descubrir qué se supone que debemos hacer?

–Jack, esto no resolverá el problema –respondió August en tono sombrío.

Ambos sabían a qué problema estaba refiriéndose.

–Lo sé –asintió Jack–. Pero, por favor.

LLAVE INGLESA

August tuvo el poema guardado en su mochila durante una semana. No se sentía bien mirándolo.

Peter y Roger le lanzaban miradas cómplices todo el tiempo y, francamente, estaban comenzando a ponerlo nervioso.

El baile era en dos días.

Dos de los distribuidores de drogas con los que trabajaba habían sido atrapados, así que Daliah le pasó su trabajo a él y esto estaba preocupándolo. Le gustaba tener dinero extra, pero no le gustaba tanto como para arriesgarse a pasar un largo tiempo en prisión.

Los padres de Jack no habían estado en casa por años y eso también le provocaba ansiedad. Jack parecía estar bien con eso, pero era difícil no preocuparse cuando tu mejor amigo regresaba a casa cada día a la oscuridad y con comida enlatada.

Además, había estado sintiendo dolor de espalda últimamente. Era un dolor fuerte y persistente que recorría sus hombros y su cuello. Probablemente por estrés. ¿Qué más podía ser?

VIERNES,
BAJO LAS TRIBUNAS

–Oye, muchacho.

August abrió un ojo y miró hacia arriba.

–¿Me recoges a las ocho?

Cerró los ojos otra vez.

–No has olvidado que el baile es esta noche, ¿o sí? –resopló Gordie.

–No lo olvidé –respondió August, agotado–. Ya tengo un traje listo y todo.

–Te ves inusualmente hecho polvo. Como exhausto y muerto –comentó Gordie, se había inclinado para mirarlo más de cerca.

–Estoy haciendo lo mejor que puedo, niña. Tómalo o déjalo –August le enseñó el dedo medio y cerró los ojos.

–Sí, sí, sí –Gordie rio y le arrojó césped en el rostro–. Duerme un poco, cariño. Y no lo olvides: recógeme a las ocho.

SEDA FRANCESA

–Ven aquí –dijo August–. No puedo creer que nadie te haya enseñado a hacer esto.

–Bueno, tú sabes. Mi papá no anda mucho por aquí... así que...

Jack echó su cabeza hacia atrás y August se rio nerviosamente mientras hacía el nudo de la corbata de su amigo.

Era suave. El momento era *suave*.

–¿Por qué no estás vistiéndote en la casa de Carrie-Anne? Sabes que a ella le gustan esas cosas. ¿Sabes? Combinar y esas estupideces –comentó August mientras acomodaba la tela cuidadosamente.

–También a ti, bastardo –replicó Jack–. Pero sí... No creo que me deje un momento para mí durante el baile, así que... yo solo...

Jack se encogió de hombros con impotencia. No pudo terminar. Nunca lo hacía.

August solo suspiró y ajustó el nudo de la corbata.

BAILE DE BIENVENIDA

Su mamá le había enseñado a bailar el vals. Ella había estado en concursos de belleza. Una chica de verdad glamorosa, con su tiara y una sonrisa brillante como mil diamantes. Su mano en copa, casualmente, para saludar con gracia a la multitud entusiasta. Venía de una familia adinerada; pensaban que aprender esa clase de cosas era importante.

La única vez que saludaba ahora era cuando él se iba a la escuela, y el entusiasmo a su alrededor provenía de un programa en el televisor del sótano. Pero ella no siempre había sido así.

Así que August sabía dónde colocar sus manos y sus pies. Sabía cómo acariciar con su dedo pulgar el cuello de Gordie, para hacerla estremecer. Ella presionó su cuerpo contra el de él con fuerza.

Del otro lado del salón, Jack los observaba.

Estaba con Carrie-Anne, por supuesto. Ella se había metido dentro de una monstruosidad de un color rosado brillante y había arreglado su cabello en una especie de nido con rizos sobre su cabeza. Estaban haciendo la tradicional danza del vaivén de un lado al otro, lo mismo que casi todos los demás. Jack le ofreció una sonrisa burlona a August sobre el hombro de Carrie-Anne.

August puso los ojos en blanco y decidió ignorarlo. Descansó su cabeza en el cuello de Gordie; ella tenía una fragancia dulce, como a incienso y a espray para el cabello.

–¿Quieres que nos vayamos a mi casa? Mis padres no regresarán hasta...

–Sí, maldición, sí –respondió él.

BANG BANG

Se dejaron caer sobre la alfombra y Gordie golpeó la cabeza de August contra la puerta. Era como ser tomado por asalto. A él le gustaba la rudeza, sin importar de dónde viniera.

Cuando ella le arrancó la corbata y metió las manos en sus pantalones, él estuvo al borde del colapso. Estaba jadeando y con manos temblorosas ante las garras afiladas de Gordie y sus gritos e improperios.

Gordie lo manipulaba como si él no estuviera hecho de piel y huesos.

August corrió el cabello del rostro de ella con ternura, pero Gordie apartó su mano. Él acarició sus labios con el pulgar y ella mordió su cuello. Él enterró sus dedos en la parte afeitada de su cabeza y ella hizo un gemido realmente agradable. Entonces August dejó caer su cabeza y cerró los ojos mientras ella lo devoraba vivo.

Cuando ella jaló violentamente de su cabello, August jadeó y su espalda se arqueó contra el suelo.

Gordie no tenía permitido hacer eso. Nadie lo hacía, más que *él*. August llevó una mano para apartar de sí el brazo de Gordie, pero ella meneó sus caderas y fue demasiado tarde.

Él se rindió. Gimiendo. Pensando en labios resecos, brazos fuertes y pecas.

INQUIETUD

Peter le arrancó el poema de las manos a August y le echó un vistazo rápido.

–Son tonterías –comentó. Roger se asomó sobre el hombro de su hermano con curiosidad.

–No. No lo son –insistió August–. Necesito que lo analicen para poder descifrar lo que Jack y yo tenemos que hacer.

–Lo que *tienes* que hacer es llevarlo a un psicólogo –dijo Peter fríamente.

–¡Pero...! –intervino Roger antes de que August pudiera responder–. Podemos echarle un vistazo por ti. En principio, parece como alguna clase de misión.

August asintió con seriedad. Una misión. Él podía hacer eso. Al menos, no estaba diciéndole que tenía que matar a alguien.

–Te lo devolveremos mañana. Puedes irte –lo despidió Peter.

August frunció el ceño ante la rudeza de Peter, pero recogió su mochila del césped y dejó a los gemelos solos debajo de las tribunas.

HALCÓN APERTURA

August se encontró con él frente a los vestuarios poco después del juego. Jack entró corriendo con el resto del equipo, se quitó su casco y limpió el sudor y la mugre de su rostro.

–Estamos exactamente en el centro del país –soltó, sin ninguna clase de preámbulo–. Donde se encuentra el gobierno. Nos movemos por su mundo al igual que ellos se mueven dentro de mi campo visual. Lo que significa que la mayoría de las personas no pueden vernos, pero saben que estamos allí. Además, el concepto de los niveles que hemos estado discutiendo, en realidad, tiene más sentido del que creíamos en un principio. Estoy bastante seguro de que los lugares de aquí coinciden con los de su ciudad capital.

–¿Cuándo descubriste esto?

–Bueno –respondió Jack con una sonrisa socarrona–, estoy casi seguro de que la cancha es un mercado. Fue terriblemente difícil concentrarse con todos los puestos y personas que aparecían y desaparecían. Uno de los arcos fue una fuente, al menos, la mitad del juego –explicó negando con la cabeza.

–¡Guau!, no sé qué decir... –August estaba horrorizado; no tenía idea de que las cosas ya estuvieran tan mal–. Bueno, les di el poema a los gemelos. Están ayudándonos. Tal vez puedan descubrir...

–¡¿Qué? ¡¿Por qué?!

–Te lo explicaré más tarde –dijo August con los ojos en blanco–. Vístete y ve a la fábrica de juguetes a las seis. Tus compañeros están comenzando a observarnos.

JUEGO SUCIO

Jack aparcó en el estacionamiento para empleados de la fábrica y apagó el motor.

–¿Por qué les has entregado el poema a los gemelos? –exigió por la ventana. No sonó feliz.

–Peter notó que algo te estaba ocurriendo hace unos meses y vino a hablarme de ello –respondió August mientras subía al asiento del acompañante–. Roger lo supo también, obviamente. Su mamá es *psicóloga*, no pude hacer nada. Ellos lo descubrieron, así que ahora están involucrados. Prometieron no decírselo a nadie, siempre y cuando nadie salga herido o nos lastimemos nosotros... –August fue bajando el tono a medida que Jack entornaba los ojos.

»¿Qué? *No pude hacer nada* –continuó August–. Ahora estamos atados a ellos. Nuestras acciones definen su reacción. Los gemelos son así de metódicos... Aunque tu descubrimiento es un gran avance. Para ser honesto, cuanto más rápido solucionemos esto, mejor.

–¿Solucionar esto? –preguntó Jack con sus manos firmes sobre el volante de su auto–. ¿Para eso tenía que encontrarte aquí?

–Tenemos que probar los límites de tus visiones y hacer un mapa para poder transitar por la ciudad en relación con nuestro pueblo. Pensé que este sería un buen lugar para comenzar, ya que...

Jack permaneció en silencio por un momento, mirando a través del parabrisas.

–Haré esto solo. Ya no te necesito para esto –dijo con calma.

–¡No! Tú no puedes simplemente... ya hemos llegado muy lejos. No me dejes afuera, Jack. *Por favor*.

–Sal de mi auto.

–¡No!

–¡Sal del maldito auto! –gritó Jack.

August cerró la puerta de un golpe detrás de sí y no miró atrás mientras Jack salía del estacionamiento y desaparecía en la noche a toda velocidad.

COMUNIÓN

Sus piernas lo guiaron desde el pueblo hasta el corazón del bosque. Eran casi dos kilómetros. El viento golpeaba su rostro, entumeciendo sus mejillas y humedeciendo sus ojos. Recolectó ramas; las arrancó de los árboles o las recogió del suelo, ignorando cómo la corteza lastimaba sus manos. Se movía con la mente ausente, robóticamente. Se inclinaba, levantaba, dejaba caer las ramas y volvía a comenzar.

Cuando la pila alcanzó la altura de sus muslos, la hizo arder. Las llamas eran tan altas como él.

Y entonces, August se desplomó contra un árbol y se deslizó hasta el suelo. Sus pies estaban entumecidos dentro de sus zapatos, las palmas de sus manos sucias y ensangrentadas. Permaneció allí, como un cuerpo sin vida, observando las llamas con sus ojos muy abiertos y vidriosos.

Y ardieron hasta entrada la noche.

August esperó hasta que la última brasa se tornó negra. Luego se puso lentamente de pie, se arrodilló junto a los restos y hundió sus dedos en las cenizas.

CRUDEZA

Ese "mundo" no era real. Pero lo era para Jack, así que eso lo hacía real para August. Él lo estaba *escogiendo*. Él no era Alicia, cayendo sin darse cuenta en la madriguera del conejo; ese era Jack.

¿August?

Él vio caer a Jack y corrió hacia el hoyo; August saltó y se sumergió de cabeza en la oscuridad detrás de Jack. Los haría salir a él y a sí mismo de las profundidades con sus propias manos.

Esa era su deuda. El rio. Esa era su religión.

Y esas cosas son más valiosas que el mar y las montañas.

REMO

Caminó de regreso al pueblo y de allí directamente hacia la casa de Jack. Para su sorpresa, la mamá de Jack respondió a la puerta. No había estado en casa en semanas. Él le frunció el ceño, sin disimular su disgusto.

–Hola, August. ¿Puedo ayudarte?

–Necesito ver a Jack.

–No sé si deberías. No se siente bien –lucía preocupada.

–Más razón para verlo. Soy el único que hace algo al respecto alguna vez, de todas formas –dijo August enfadado.

La esquivó y subió las escaleras. Abrió la puerta de la habitación de Jack sin tocar y la cerró detrás de sí. Jack estaba hecho un ovillo a oscuras en una esquina, con la cabeza enterrada entre sus brazos. August corrió hacia él y cayó de rodillas. Levantó la cabeza de Jack y la sujetó con fuerza entre sus manos.

–Solo estaba asustado –susurró Jack.

–Lo sé –dijo August. Secó una lágrima de la mejilla de Jack y le manchó el rostro de cenizas.

–No me dejes.

–No lo *haré* –asintió y cerró los ojos.

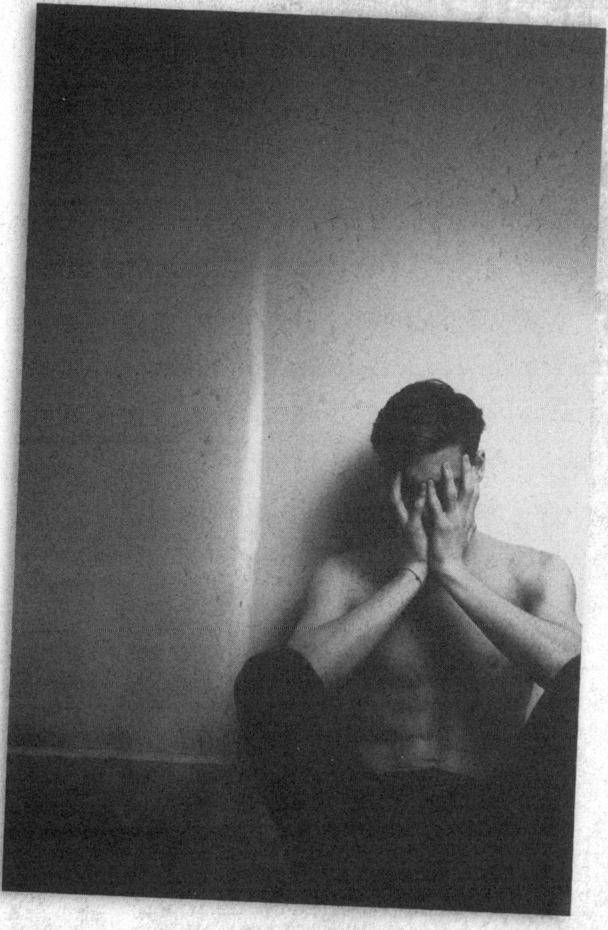

ESTUDIOS CULTURALES

Rina se quitó el delantal y se deslizó en el reservado con ellos. Jack le pasó el poema a través de la mesa y se recostó en su asiento mientras ella lo leía. Había soltado su cabello del moño apretado que usaba siempre para el trabajo y, para cuando llegó al final del poema, estaba frunciendo el ceño.

–¿Qué significa? –preguntó August.

–Solo tomé medio semestre de poesía en la escuela comunitaria, así que...

–Eres lo mejor que tenemos por ahora –interrumpió August–. Cualquier cosa que puedas decirnos será de ayuda.

Rina prendió una horquilla en el papel con expresión pensativa.

–Así que el Rey de Mimbre es de un juego que solían jugar de niños, ¿cierto? –ambos asintieron–. ¿Cuáles eran las reglas?

–Era una cosa imaginaria. Un juego de poder más que nada, me estoy dando cuenta –respondió Jack seriamente–. Era una clásica historia de aventuras. Fingíamos cazar, hacer festines y luchas de espadas con ramas.

Rina entrecerró los ojos.

–Si tuviera que comparar este poema con otros que he leído, es como un lay medieval muy simple. O alguna clase de profecía. Si quitas las palabras sin sentido y solo te enfocas en las que están en español, es una narrativa bastante sencilla –explicó.

Hizo una pausa, deslizó hacia su lado el plato con los restos del pastel de August y tomó un bocado rápido.

—Básicamente, hay un objeto, llamado *Diamante Azul*, que fue robado de su lugar. Y eso no es bueno porque, sin él, todos y todo en la historia morirán. Por causa de un malvado Rey Demediado. El Rey de Mimbre; ese eres tú —le dijo a Jack—, tiene que encontrar el Diamante Azul y traerlo de regreso para que no ocurra lo que sea que Fortentook sea. Así que asumo que lo que Jack está viendo sigue esa narrativa básica.

—Eso no... suena... bien —comentó Jack.

—¿Qué sugieres que hagamos? —August se inclinó y apoyó sus codos sobre la mesa. Su corazón estaba latiendo de prisa.

—Personalmente, lo llevaría al hospital —respondió Rina tras encogerse de hombros.

—No haremos eso —se apresuró a responder Jack.

—¿Por qué? —insistió Rina con el ceño fruncido.

—Porque yo lo digo. Cumpliremos con la profecía.

—¿Estás demente? —intervino August.

—¿Por qué te da tanto miedo una pequeña aventura? Nunca pasa nada interesante en este estúpido pueblo —Jack sonrió con amargura—. Además, ya estamos jugando un juego, ¿por qué no sumar otro? ¿Crees que podrías con eso?

—¿Qué juego? ¿El que jugaban cuando eran niños? —preguntó Rina. Parecía desconfiada.

—No, no en realidad —respondió Jack—. Ya somos demasiado grandes para ese. Este es distinto.

August tamborileó sus dedos sobre la mesa. No podía ni siquiera pensar en cómo explicar lo que había ocurrido en el río poco antes ese mismo año. Y mucho menos, en desarrollar el concepto de "juegos" y el significado que había adquirido. Pensó en la sensación de los dedos de Jack sobre su cuello y sintió vergüenza.

–Deja de provocarla, Jack. Rina, no es nada. Te lo explicaré más tarde –mintió.

BESTIARIO

–Era un lugar luminoso –dijo Jack. Todo era hiperrealista y detallado. Algunas veces, la única forma de saber que algo era real era porque lucía indescriptiblemente pálido–. Pero ya es casi un circuito cerrado.

Antes, él veía a las personas en tonos pálidos más que nada, pero en esos días todo era rojo, amarillo y verde. La ropa era diferente, rústica. Se les estaba acabando el tiempo.

–Si las cosas llegan demasiado lejos, como sé que lo harán, escribe todo lo que diga y describa. Todo lo que pase. Todo –exigió Jack.

Por supuesto que August lo haría. Por supuesto que lo *había hecho*. Era una historia demasiado buena como para no hacerlo.

Compró diez cuadernos y treinta bolígrafos. Colocó un bolígrafo en cada cuaderno y sujetó los demás con una banda elástica. Ya no volvería a salir de su casa sin un cuaderno y un bolígrafo.

ORDINARIO

El bosque seguía siendo el bosque en la mente de Jack. La mayoría de las zonas sin urbanizar seguían siendo básicamente iguales. Cuanto más antiguo fuera algo, más probable era que permaneciera exactamente igual a como Jack lo recordaba de antes; no podía ver la diferencia.

Lo más antiguo en el pueblo era el río. Seguía casi el mismo camino que en el mundo paralelo y August supuso que era reconfortante para Jack, por la frecuencia con la que él quería acercarse al río en esos días.

Basándose en lo que le había descrito, donde fuera que se encontrara Jack era algún lugar al este, cerca de los días del auge de la Ruta de la Seda, tal vez, un poco antes. Al menos, ese era el nivel de avances tecnológicos con los que contaban. Jack había recolectado objetos de su mundo y los acumuló en una esquina de su habitación. Los describió en detalle; algunos tenían una historia paralela en nuestro mundo. Por un tiempo, August pensó que no se trataba tanto de *dónde* se encontraba Jack, sino de *en qué época*.

–Entonces, ¿Qué hay del Diamante Azul? –preguntó August mientras sacaba el bolígrafo de las espirales del cuaderno–. ¿Qué es?

–Es como... –Jack cerró los ojos–, como una estrella. O como un dios hecho de ¿roca? Es difícil de describir... pero es tan pequeño que se puede sujetar en una mano. Y tan brillante que apenas podrías soportar mirarlo. Como... una estrella muy pequeña. No tengo todas las respuestas, August. Es una estrella mágica brillante de energía, por la que todos están muriendo ahora que ha desaparecido. Está provocando su versión del apocalipsis, creo.

–Yyyy... ¿cómo la encontraremos?

–No lo sé, pero la encontraré. Tengo que hacerlo.

HIPÓTESIS NULA

Jack sostuvo la mano de Rina mientras la guiaba cuesta arriba por la colina.

Querían mostrarle un poco más de lo que Jack estaba viendo, para poder comprobar la validez de su teoría. Acordaron que Rina sería un observador lo suficientemente imparcial como para que su opinión tuviera más peso que la de August. Jack había rozado el mentón de August con sus nudillos, fingiendo un golpe, y le dijo: "Tengo que comprobar que no estás diciéndome solo lo que yo quiero escuchar".

La mirada de August estaba fija en la mano de Jack que sujetaba la de Rina. Hacía que su estómago se sintiera tan...

—Puedes ver todo el pueblo desde aquí arriba –dijo Jack.

La colina tenía la altura suficiente para que pudieran ver las luces de las construcciones que se desvanecían en la oscuridad, más allá del pueblo.

—¿Qué ves? –preguntó Rina.

—Todo. Hay construcciones de piedra en el centro del pueblo y, al alejarse, son de madera y más allá, de arcilla. Donde debería estar la fábrica de juguetes hay una construcción más grande, de piedra blanca. Es como una iglesia o un ayuntamiento, o algo así. Hay algunos campos con animales pastando...

—¿Por la noche? –reaccionó Rina con la nariz fruncida.

—Pueden ver en la oscuridad o los están guiando –explicó Jack.

Desde la colina, podían ver a algunas personas paseando a sus perros en el parque.

August se acercó hasta estar hombro con hombro con Rina y le dio un empujoncito. Ella se veía triste.

–Todo está bien –susurró August.

Jack volteó de pronto a verlos.

–Les agradas a los pájaros –le dijo a Rina y soltó su mano. Se acercó y sujetó algo en el aire cerca de su hombro–. Están volando cerca de ti.

Apuntó sus ojos hacia August y provocó que su corazón palpitara con el ritmo monstruoso del paso del tiempo. Jack inclinó la cabeza hacia un costado y penetró con la mirada hasta las profundidades de su ser.

–A donde vayas, todo es más agreste a tu alrededor. Tú atrajiste a los pájaros, pero se quedan por ella... eso creo. Es un buen presagio.

Les ofreció una sonrisa y luego volvió a observar al pueblo.

–Los edificios se desvanecen en árboles, los árboles en matorrales, los matorrales en polvo y, más allá, se encuentra la tierra de los reyes olvidados. El Baldío. Donde nada vive, nada crece y nada muere.

–¿Nada muere? –repitió Rina acercándose más a Jack.

–Nada muere –asintió Jack y volvió a tomarla de la mano–. Al menos, eso escriben en los muros de los edificios de piedra: oraciones, bromas, noticias. Pero, más que nada, advertencias. Dicen que, más allá del bosque salvaje, que es la zona más cercana al pueblo, hay enormes bestias rabiosas y bandadas de cuervos sangrientos. Son como pájaros muertos que se comen vivas a sus presas –explicó, temblando.

»Dicen que, si pierdes a tus bestias lecheras en el bosque salvaje, debes dejarlas allí. Que eso es mejor que ir por ellas y pagar con tu propia vida.

–¿Cómo vives con esto? –susurró Rina.

Jack solo se encogió de hombros.

–Donde estamos, hay claridad –el viento sopló fuerte desde el este, haciendo crujir las ramas de los árboles–. Desde donde estoy... la calidez es suficiente.

HELADA

El receso de invierno estaba por llegar.

Daliah *en verdad* lo estaba sobrecargando con entregas. Estaban atrapando cada vez a más chicos, y ella tenía más provisiones que personas a quienes entregarles. Honestamente, August quería dejarlo, pero habían cortado el subsidio por discapacidad de su mamá, así que en realidad no podía permitírselo.

Además de tener esa preocupación en su cabeza, sus cuadernos se estaban llenando y se hacía cada vez más evidente que la condición de Jack estaba empeorando cada día. Aunque era bueno sentir que estaban haciendo algo al respecto. Ya casi habían logrado hacer un mapa de todo el pueblo y de una porción del bosque.

También era bueno que hubiera otras personas que supieran lo que ocurría. Los gemelos eran de mucha ayuda cada vez que August no estaba para vigilar a Jack, a pesar de que a Jack aún le molestaba que estuvieran involucrados. Peter seguía comportándose como un bastardo, pero al menos, aún los hermanos no se lo habían contado a nadie.

¿Están bien?

Estamos bien, Roger.

Probablemente, está mintiendo.

No es asunto tuyo, Peter. Ni siquiera estoy hablando contigo. Literalmente.

Nunca lo había notado, pero eres un bastardo.

Lo juro, Peter, si no paras...

DETENCIÓN ESCOLAR

El estudiante **August Bateman** del año **12** fue enviado a detención.

El día **17** / **1** / **03** a las **2:30** en el salón **105 B**

Motivo de la detención **Golpeó a uno de los gemelos Whittaker.**

☐ Se presentó ☒ No se presentó

(Firma)

POLVO

–Tenemos que encontrar una forma de que interactúes con mi mundo, para que puedas colocar el Diamante Azul en su atril y hacer que funcione. El Rey Demediado está cada vez más cerca y el pueblo se está desintegrando a mi alrededor. No puedo hacerlo yo mismo.

–Sí. Lo sé –August pateó una piedrita mientras caminaban a la fábrica de juguetes–. ¿Tienes alguna idea?

–Tengo algunas –respondió Jack con una sonrisa avergonzada–, pero ninguna es buena.

August quitó un panel de vidrio que estaba suelto y ambos se metieron en la fábrica. Jack bajó del alféizar de la ventana y le ofreció una mano a August. Él la ignoró y dio un salto, cayó con fuerza y rodó a sus pies. Jack lo observaba atentamente.

–Te estás volviendo bueno en esto.

–¿Dónde está el atril? –preguntó August tras encogerse de hombros por el cumplido.

–¿Hay algo aquí que esté en medio de la habitación? Recuerdo que había alguna clase de...

–La única cosa en medio de la habitación es uno de esos dispensadores de agua, los que suele haber en las oficinas, que tienen agua fría y caliente –interrumpió August.

–¿En verdad? –dijo Jack repentinamente animado–. ¡Qué bien! Estoy casi seguro de que el Diamante Azul va en el lugar donde pondrías el vaso. Lo veo como una torre decorativa de metal, con una hendidura cuadrada en medio. Además, para que lo sepas, estamos en el edificio ayuntamiento-iglesia-museo del pueblo. Todo es muy elegante aquí.

–Pero ¿no podemos colocarlo ahora, porque...?

–No funcionaría, August. Ya hemos hablado de esto –respondió Jack en tono molesto–. Tiene que haber algo, una clase de conducto, que te permita llegar de este mundo al mío. De otra forma, sería como poner una batería agotada en una linterna y esperar a que se encienda.

–Ok –August bufó, exasperado–. Así que, ¿lo que buscamos es algo que daría suficiente energía? De acuerdo. Al menos, eso es un objetivo que podemos lograr –caminó por la habitación, observando toda la maquinaria. Como si nada, levantó del suelo la cabeza de una muñeca plástica, la lanzó al aire y la volvió a atrapar hábilmente en su mano.

–¿Podemos... irnos? –preguntó Jack, con un tono de pronto cauteloso.

–¿Por qué? Acabamos de llegar.

Jack no contestó, solo se movió con nerviosismo.

August ni siquiera suspiró. Caminó de regreso a la ventana, trepó el muro y sacó el vidrio. Y preguntó:

–¿Bosque, río o campo?

–Campo, quiero correr.

PERDIDO

Corrieron hasta que el aire frío comenzó a causarles dolor a través de sus dientes. La nieve se había derretido y el césped estaba helado y crujiente. Ambos se desplomaron en el suelo, jadeando. Jack tosió y luego hizo un gesto de dolor mientras tocaba un extremo de su cabeza.

–¿Estás bien?

–Sí. Solo sentí dolor por un momento... pero estoy bien.

August se acercó a él, Jack lo sujetó de la chaqueta y lo acercó aún más. Luego apoyó la frente sobre la suya.

–¿Quieres saber cómo te veo? –la voz de Jack estaba alterada por haber corrido. August asintió–. Te veo como siempre. No creo que eso cambie... no importa si tu ropa tiene los colores de mi mundo o si estás vestido así. Siempre eres solo tú.

–Y eso, ¿qué significa?

–No lo sé. Pero no quiero que cambie. Si lo hace, no creo que sea una buena señal.

–No iré a ningún sitio –insistió August y enterró sus dedos en el césped.

–No me refería a eso.

ÍNDIGO

Jack estaba recostado en el suelo del apartamento de Rina, con los dedos hundidos en su alfombra gastada. August estaba sentado a su lado, observando en silencio cómo Rina se subía las pantis y las prendía en su liguero. Luego se puso el uniforme y subió la cremallera en su espalda.

La parte preferida de August era ver cómo ella se maquillaba. Le gustaba el líquido oscuro que esparcía alrededor de sus ojos, para hacerlos más profundos. Él no sabía realmente qué era todo lo demás, pero la manera en que ella se lo aplicaba era como un arte. Se veía increíble bajo la tenue luz amarilla.

Rina esperó hasta el final para aplicarse el labial. Era como una pintura de guerra, rojo y vívido, esparcido sobre sus labios.

Le sonrió a August para completar el efecto.

Él se estremeció.

ESCARLATA

Rina merodeaba por el apartamento mientras trabajaba, lavando platos, recogiendo ropa, comiendo de prisa un tazón de cereales. Todo era increíblemente doméstico.

–Tenemos que hacer un viaje –comentó Jack de pronto.

August lo miró desde su lugar en la alfombra.

–¿Por qué? –preguntó.

–Para encontrar el Diamante Azul –respondió Jack, como si fuera lo más obvio del mundo.

–¿A dónde? –preguntó Rina.

–No muy lejos. No tenemos que hacerlo ahora, si te lo estás preguntando. Solo tengo que ir a buscarlo.

–¿En nuestro mundo o en el tuyo? ¿Y cómo sabes dónde está?

–En el mío. Y solo lo *sé*. Puedo sentirlo –respondió ligeramente–. Es como cuando alguien está mirándote y tú no estás mirándolo, pero sabes que te está mirando a ti. Sé qué dirección tomar para acercarme a él porque puedo sentirlo. Suena estúpido, pero solo acéptenlo, ¿de acuerdo?

–¿Cuándo fue la última vez que estuviste con alguno de tus otros amigos? –preguntó August. Soltó una bocanada más de su cigarrillo y lo miró con sospecha.

Jack parecía nervioso. Mantuvo la vista en la alfombra por un momento y luego miró por la ventana:

–No lo recuerdo. Los he estado dejando de lado lentamente. No puedo manejarlo, ¿sabes? Fingir. Me provoca dolor de cabeza.

–A mí también me daría dolor de cabeza si tuviera que hacer lo que haces –admitió Rina–. Probablemente serías un buen actor si esto alguna vez se solucionara –dijo y comenzó a aplicarse el maquillaje.

–Rina, ¿podrías arreglarme a mí después? –bromeó August mientras dejaba su cigarrillo en un plato cercano.

–No, mujerzuela. Estoy ocupada. Tengo que hacer una lectura en quince minutos.

–¿En el mismo café apestoso? –August dijo entre risas.

Rina lo golpeó en broma y los besó a ambos para despedirse antes de salir.

ATREVIDO

August encendió otro cigarrillo en la oscuridad y miró a Jack, que estaba sentado muy inmóvil. La curva de su cabeza se veía redondeada bajo la luz que se filtraba por la pantalla agrietada de la lámpara de Rina.

Algunas veces esperaban a que ella regresara del trabajo o de sus lecturas de poesía en el café. Pasaban el tiempo recostados en la alfombra, jugando a las cartas o mirando algún programa en su pequeño televisor de quince pulgadas.

Jack acomodó sus pantalones con nerviosismo y volvió a quedarse quieto. Era esa criatura maravillosa. Era imposible no observarlo teniendo la oportunidad. Era como un venado en ese momento, tranquilo como si estuviera a punto de salir corriendo. August se preguntó qué pasaría si lo tocaba; si tan solo extendía su brazo y recorría el costado de su cuello con un dedo...

Antes de que pudiera hacer contacto real, Jack giró rápidamente y sujetó la muñeca de August con fuerza, aplastando los huesos dentro de su puño. August hizo un sonido agudo de dolor y alejó la mano.

Había olvidado su lugar.

Jack liberó su mano y lo miró con curiosidad:

–A veces no te comprendo, August. Eres muy atrevido.

August tragó saliva, pero no apartó la mirada.

EL COMIENZO

–Así que, el viaje, ¿cuándo ocurrirá?

   –Pienso que podríamos hacerlo durante el receso de invierno. Por supuesto que estaremos de regreso para Navidad, pero creo que necesitaremos, al menos, un día o dos –Jack conducía por la calle de August con las luces bajas encendidas.

   –¿Qué buscaremos?

   –Algo que creo que nos ayudará. He estado hablando con ella...

   –¿Con Rina? –preguntó August.

   –Por Dios, sí, deja de interrumpir. Como sea, ella me explicó las cosas de una forma más concisa y me dio una idea bastante buena de lo que tenemos que hacer.

   –¿Y qué es? –August se veía cansado.

   En lugar de responder, Jack se mordió el labio y subió con lentitud a la entrada de la casa de August.

   –No va a gustarme, ¿o sí?

   –Probablemente no.

   August suspiró.

MANTENERSE CALIENTE

August fue abajo. No lo hacía muy seguido porque no le agradaba; el olor rancio de muebles viejos, el sofocante aire húmedo, el leve zumbido de *Game Show Network*. Pero ella estaba ahí abajo y él necesitaba su permiso.

–¿August?

–Oye, mamá...

No podía recordar cuándo había comenzado a pasar la mayor parte del tiempo ahí. Fue en algún momento cuando él estaba en la escuela primaria, luego de que su papá se fuera. August se inclinó para besar su cabellera rubia e ignoró el olor a sudor y medicina.

–Quiero hacer un viaje con Jack este sábado.

–¿Cuándo regresarás? –su mirada nunca se apartó de la pantalla.

–El lunes. Ya comienza el receso de invierno, así que no tengo clases.

–Ah, eso es bueno... –alguien estaba intentando adivinar cuánto costaba una licuadora. August permaneció allí de pie por unos minutos, mirando por sobre su hombro. Luego recogió el edredón y la envolvió con él.

–¿Papá ya envió el cheque? –preguntó él–. Está haciendo frío y el gas es más costoso –llevó una mano a la frente de su madre, para comprobar si tenía fiebre, solo por si acaso. Ella asintió bajo sus dedos, pero no levantó la vista. La audiencia ovacionó.

–De acuerdo. Te amo –dijo August.

Ella no lo escuchó.

AFECTO

–Iremos a Iowa –dijo Jack emocionado mientras se metía en la cocina, cuando llegó a las seis de la mañana.

–¿Qué? ¡Eso está a dos estados de aquí!

–Sip –Jack revolvió el refrigerador de August y tomó algunas botellas de agua–. Y allí es a donde iremos. Encontraremos el Diamante Azul.

August ni siquiera intentó discutir, solo cargó el bolso sobre su hombro, una manta bajo el brazo y siguió a Jack afuera.

–¿Dónde está tu auto?

Jack golpeó alegremente el costado de un camión que estaba estacionado donde solía ubicar su auto.

–Mi abuelo me dejó tomar prestada su camioneta. Como sea, estaba pensando que podemos seguir como hasta las tres y luego detenernos en algún lado para cambiar.

–Todavía no puedo creer que estemos haciendo esto. Este camión, ¿al menos, tiene calefacción? Supongo que tendré que pagar la gasolina –August podía darse cuenta de sus propias quejas, pero no le importó–. ¿Por qué tenemos que salir tan temprano? No he desayunado... –subió al asiento del acompañante y casi se golpea el rostro contra la bolsa de papel que Jack estaba sosteniendo en alto frente a él.

–Te conozco, amigo. Mantequilla de maní y plátano, pan integral, sin cortezas. Disfrútalo.

–Oh.

No se molestó en mirar a Jack mientras abría la bolsa irritado. Sabía que el maldito bastardo lo estaba mirando con una sonrisa orgullosa o algo. Comenzó a devorar su desayuno y Jack puso el camión en marcha.

EXPECTATIVA

Viajar con Jack se sentía seguro, como estar con uno de sus padres. Era muy bueno al volante. Mucho mejor de lo que era August. Jack había aprendido a los catorce años; robaba el auto de su papá del garaje por la noche, para salir a conducir en la oscuridad...

El camión del abuelo de Jack no tenía radio, solo se escuchaba el traqueteo y la vibración del motor. Jack murmuraba para sí mismo mientras August fumaba y dormía, disfrutando del sol.

–¿Estás viendo algo ahora? –peguntó August con curiosidad y rompió el silencio.

–Siempre.

–Y... tú sabes... ¿interfiere en el camino mientras conduces?

–¿Me estás preguntando eso después de veinte kilómetros? –replicó Jack con seriedad–. Estoy bien. No hemos muerto aún.

–¿Podría conducir el resto del camino? –insistió August. La respuesta de Jack no fue reconfortante.

–¿Dejarías de quejarte si nos detenemos en un Cracker Barrel? –bromeó Jack–. Conozco tu compleja relación con esa cadena.

–Cracker Barrel es *genial*. Es un restaurante, una tienda de juguetes y de recuerdos al mismo tiempo. Ya hemos hablado de esto.

–Mmm –Jack tarareó en lugar de responder. Sonaba demasiado satisfecho para ser alguien que, con certeza, giraría a la izquierda en el estacionamiento y pagaría por el almuerzo de ambos–. No te preocupes tanto. Acabaremos con esto y estaremos de regreso en casa pronto.

NOGAL

De pronto, algo se le ocurrió a August.

–¿Qué rayos sucedió con Carrie-Anne?

Jack se detuvo un momento, luego continuó jugueteando con su filete con huevos revueltos.

–Rompimos luego del baile de bienvenida. Nos peleamos. Ella... pensaba que no estaba prestándole suficiente atención. Creo que estaba empezando a notar el... –Jack hizo un ademán con su mano, en lugar de describir lo que sucedía en su mente–. Además, ella no es precisamente buena guardando secretos, así que no podía contárselo simplemente. Tenía que dejarla ir.

–Ni siquiera me dijiste... –August dejó de comer y apoyó su tenedor.

–Sí, bueno –Jack lucía cansado y avergonzado.

–Lo siento –August no sabía qué decir. Ni siquiera lo había notado–. En verdad. Es decir, *yo* la odiaba, pero a ti en verdad te gustaba...

–Está bien –murmuró Jack–. Estamos demasiado ocupados para eso de todas formas. No es importante. Termina tu comida, tenemos que volver al camino.

CREPÚSCULO

August condujo hasta que el sol se puso. Jack se había quedado dormido casi de inmediato tras intercambiar sus lugares, luego de entregarle a August un papel arrugado con indicaciones y de acurrucarse contra la ventana.

August se sentía joven mientras conducía en la oscuridad en medio de la nada; un lugar sin casas, edificios altos ni personas alrededor. Solo kilómetros de ruta, césped, autos y el sonido de la respiración tranquila de Jack en el asiento junto a él. Solo tenían diecisiete. El mundo era demasiado grande, ellos eran muy pequeños y no había nadie cerca para evitar que cosas terribles pasaran.

De pronto sintió pánico. Quería que Jack se despertara de inmediato.

–Jack, ¡Jack!

–¿Qué? –Jack se movió adormecido, pero volteó a mirarlo.

August no sabía qué decir, no había pensado tanto.

–¿Qué? –insistió Jack con tono molesto–. ¿Quieres cambiar?

–No. Yo solo... estaba aburrido.

Jack lo miró escéptico.

–Está bien. No es nada. Vuelve a dormir –murmuró August avergonzado.

Jack suspiró, se acercó a él y lo sujetó por el cuello firmemente con su mano. La tensión desapareció de inmediato del cuerpo de August y respiró con calma.

–Nos detendremos en una hora –agregó.

MOTEL

No durmieron mucho esa noche.

Ambos observaron la alfombra manchada y raída del hotel por, al menos, cinco minutos antes de desplomarse juntos en la cama de una plaza. Dormir con Jack se había vuelto una experiencia calurosa y terrible, con demasiado contacto para el gusto de August. Las sábanas eran demasiado duras y apestaban a la persona que había dormido allí antes que ellos. Pero aun así, era mejor que el suelo.

No era la primera vez que hacían eso. Compartían la cama todo el tiempo cuando eran niños; Jack solía clavar sus afiladas rodillas y codos en el cuerpo de August mientras dormía, hasta que August no lo aguantaba más y lo empujaba de la cama al suelo sin más. Y luego, para completar la ceremonia, August indefectiblemente despertaba con su cuello sobre un charco de baba, porque Jack se había vuelto a deslizar en la cama mientras él dormía...

–Levántate.

August abrió los ojos. No recordaba haberse dormido pero, al parecer, ya era de mañana. Jack estaba vestido y había empacado. Parecía que no tenía interés en lidiar con nadie. August salió de la cama y comenzó a deslizar sus piernas dentro de los jeans.

–Tenemos que salir antes de las tres para poder llegar a las seis treinta y estar de regreso lo más pronto posible. Iré a buscar café, tú deberías despejarte un poco. Tendremos que cavar –dijo y desapareció de la habitación sin mirar atrás.

CUERDA

–¿Cuánto tiempo tenemos?

–Media hora, tal vez menos. Sé que es por ahí. No sé qué tan *lejos* o lo que sea, pero estoy seguro de que podré encontrarlo de inmediato . El verdadero desafío será que no nos atrapen. Estamos en un territorio en el que primero disparan y luego hacen las preguntas. Cuando diga que me levantes, lo haces tan rápido como puedas.

–¡¿Levantarte?! –reaccionó August–. Tienes como quince kilos más de músculos que yo. ¿Por qué no puedo ser yo el que...?

–No estoy de humor –interrumpió Jack, mirándolo con fijeza.

August se desplomó en su asiento, enfurruñado. Ese era el peor viaje de todos los tiempos. Cuando Jack acercó una mano hacia él, August se apartó.

–¡¿Qué?!

–Tienes algo en tu rosto, déjame quitártelo –explicó Jack, con la vista fuera del camino por un momento.

August frunció el ceño, cansado, pero se quedó quieto mientras Jack frotaba su rostro con el dedo pulgar.

–Santo Dios, eres un bebé –murmuró Jack.

August no le dio el gusto de responder.

PROFUNDIDAD

Finalmente no tuvieron que cavar en absoluto. Era un pozo de agua en la propiedad de un granjero.

Un pozo, como cualquiera.

–Intenta no respirar lo que hay allí abajo –advirtió August justo antes de que Jack se metiera sin decir una palabra. Observó mientras Jack desaparecía en la oscuridad. Más tarde, August diría que eso no había tomado más que un momento.

Cuando subió a Jack, con la pesada cuerda en sus manos, observó lo que Jack sujetaba con fuerza entre sus dedos ennegrecidos, mojados con lodo. El amuleto que valía viajar doscientos kilómetros. El Diamante Azul.

Era una *roca*.

Gris.

Plana.

Nada.

DIAMANTE AZUL

Mientras conducía de regreso, Jack dejó que August lo sostuviera.

–Intenta no mirarlo directamente. Es demasiado brillante –dijo mientras le entregaba la roca, envuelta en su bufanda, cuidadosamente.

August no dijo nada, solo tomó la roca y la sujetó con fuerza. No la desenvolvió; no intentó mirarla. Solo la sujetó y se esforzó por no llorar. ¿Cómo es que Jack siquiera sabía a dónde ir? ¿Acaso importaba?

Pensó en el número de Roger, escrito al descuido en un trozo de papel que había guardado dentro de una gaveta de su escritorio.

Pensó en la expresión en el rostro de Jack cuando lo expulsó de su auto, diciendo que ya no lo necesitaba.

Y pensó en regresar a su casa y dormir por siempre.

Comenzó a nevar. Ya casi era Navidad.

CROMADO

El camino a casa transcurrió en silencio. Cuando estuvieron de regreso en el pueblo, Jack aparcó en la casa de August y apagó la camioneta. August le entregó el Diamante Azul y Jack lo colocó con cuidado sobre su falda.

–Gracias por, tú sabes... venir conmigo. Sé que no tenías que hacerlo.

August se encogió de hombros y permanecieron sentados en silencio en la oscuridad.

–Jack... yo... –comenzó a decir. Pero Jack no lo miraba–. ¿Tus padres estarán aquí para Navidad? –preguntó, aunque no era lo que había planeado decir.

–Sí. Mi papá llamó mientras dormías y dijo que planeaba venir a casa. ¡Hasta dijo que traerá un árbol! –Jack sonaba feliz.

Bien.

–De acuerdo –respondió August mientras destrababa la puerta y bajaba del auto–. Duerme un poco. Mañana iremos al campo.

No escuchó a Jack alejarse hasta que hubo cerrado la puerta de su casa detrás de sí.

Est. 1918

lunes, 23 de diciembre

Granjero descubre yacimiento de bismuto debajo de un viejo pozo de agua

Green sostiene un cristal de bismuto

Por Lynette Reeves

Recientemente, el granjero local Shreman Green, 54, descubrió un gran yacimiento de bismuto en su propiedad tras haber sufrido una intrusión. El señor Green había estado siguiendo el rastro de un par de intrusos en su campo de cebada, que desemboca en un pozo abandonado. Los intrusos dejaron algunas cuerdas que, según declara Green, llamaron su atención. "Probablemente, solo eran unos niños estúpidos", dijo, "No tengo idea de qué los trajo a mis tierras para empezar. No robaron nada... Pero me dio curiosidad". Green decidió investigar el pozo y descubrió una veta de bismuto bajo la superficie. "Estaba tan sorprendido. No sabía exactamente lo que había encontrado, pero era hermoso, simplemente hermoso. Era como pirita, pero con reflejos de azul y arcoíris", explicó Green.

El bismuto es un metal frágil, comúnmente utilizado en la industria farmacéutica y cosmética. Un estimado del valor de la veta hallada por Green es de alrededor de 700.000 dólares. Con respecto a los intrusos, Green sostiene que no está interesado en presentar cargos. "No te encuentras con algo como esto todos los días".

EL CAMPO

Tan pronto como estacionaron junto al campo, August salió disparado del auto y comenzó a correr. La maleza y el césped se prendían a sus pantalones mientras se abría camino entre los matorrales. Estaba agradecido de que no hubiera nevado allí. Podía escuchar a Jack acercándose a él velozmente.

August aumentó la velocidad cuando alcanzó la mitad del campo, respirando agitado el aire frío y Jack se rio detrás de él. Siguieron avanzando, con sus pies que resbalaban por el rocío, sus corazones palpitando y sus gargantas agitadas.

Atrapado. Podía sentirlo. Estaba atrapado.

Sus pulmones fueron presionados por un par de brazos largos mientras caían juntos al suelo. Giraron salvajemente, por el césped y la grava, mordiendo y arañando como criaturas que tenían garras y colmillos, en lugar de uñas y dientes. August fue jalado y aplastado, arrastrado por la tierra helada, pero luchó con todo.

–Llámame "mi señor". Honra a tu rey.

August solo se rio. Jack lo presionó con fuerza contra el suelo con una mano sobre su espalda.

Ah. Así que así serían las cosas.

Se resistió por un rato. Pero era solo resistencia, no rebeldía.

–Está aplastándome, mi señor –dijo August, con toda la insolencia que fue capaz de manifestar. Jadeaba con intensidad y calor.

Los ojos grises de Jack se veían celestes bajo la luz. Soltó una sola exhalación, que sonó como una sonrisa.

NOCHE BUENA

Su mamá estaba arriba y lucía hermosa vestida de rojo. El cabello caía sobre sus hombros y se había puesto aretes. Y hasta tarareaba mientras preparaba la cena de Navidad. August la abrazó y le dio un beso en la mejilla.

–¿Dónde está Jack? –preguntó ella mientras les ponía queso a los macarrones.

–Su papá estará en casa.

–¿Estás seguro? Llámalo antes de que esté la cena –insistió mientras pasaba los dedos por el cabello de su hijo y fruncía su nariz. Habían pasado semanas desde el último corte. August puso los ojos en blanco; si había algo que ella pudiera notar, sería eso. Pero, para su sorpresa, ella solo se encogió de hombros y le dio una palmada en la mejilla–. Nunca se sabe, asegúrate de llamarlo.

August asintió y fue a llamar a Jack al corredor. Su celular sonó hasta que August estuvo seguro de que lo atendería el buzón de voz, pero no.

–¿Llegó? –preguntó.

Jack sollozó del otro lado.

August se puso los zapatos, un abrigo y salió a la fría noche.

OBSEQUIO

Jack estaba recostado en el suelo junto a la cama de August, sobre una bolsa de dormir cerrada. Había acomodado la manta y las sábanas, que la mamá de August había reservado especialmente para él, en una especie de nido circular, y se había hecho un ovillo en medio.

Ella incluso había vuelto a comprar obsequios para Jack ese año, como si siempre hubiera esperado que estuviera allí para Navidad. A pesar de que ellos dos apenas podían subsistir y Jack, en cambio, podía pagar por toda su cena navideña con el dinero de bolsillo que le dejaban sus padres.

–¿Sigues despierto? –August se asomó por el costado de su cama, para ver la pila de cobertores.

Jack no respondió. No estaba dormido, August estaba seguro de eso. Jack roncaba tan fuerte como un motor y no estaba produciendo ese sonido. Esa respiración pausada y enfadada era el sonido de August, que estaba siendo ignorado.

–Si alguna vez vuelvo a ver a tu papá, le daré un golpe en su rostro –prometió.

–Te tomo la palabra.

ENERO

August absorbió el frío aire del invierno a través de sus dientes, luego decidió fumar un cigarrillo a un lado del edificio. Escupió rápidamente en el suelo y, al levantar la vista, se encontró con Roger y Peter que estaban observándolo.

–Te ves demacrado –dijo Peter sin rodeos. Roger le dio un pellizco a su hermano y le dirigió una mirada de disculpa a August.

–Bueno, es agradable ver que ustedes dos no han cambiado mucho durante el receso –comentó August. Luego cargó su mochila sobre un hombro y comenzó a caminar hacia la entrada principal de la escuela. Ellos lo siguieron.

–Gordie estaba buscándote –dijo Roger con calma.

Conversaban sin problemas cuando los tres estaban solos, pero August podía notar que Roger lo evitaba en público; y Peter lo seguía, como si lo apoyara.

–Tenemos que irnos ahora. Pero, buena suerte –murmuró Roger.

–Intenta no cagar las cosas mientras no estemos –sentenció Peter mientras se alejaban.

Sí, como sea.

SALVAJES DE LA QUINTA HORA

Gordie lo abordó entre la cuarta y la quinta hora. "Te extrañé", dijo mientras lo arrastraba al interior del baño de maestros en desuso del tercer piso.

Él le arrancó la camiseta en el frenesí y los dos fueron tropezando hasta un cubículo al fondo. Ella usó su boca como si fuera algo que hacía a diario, luego él lo hizo con sus dedos. Gordie rio y dijo que el cabello de él le hacía cosquillas en el rostro mientras él besaba su cuello. Ella lo envolvió en sus brazos con satisfacción cuando ambos terminaron y lo llamó *lindo*.

–Sí, sí, sí –dijo él con una sonrisa–. Ve a clases, pequeña delincuente.

August la observó marcharse, luego se limpió la mano en sus pantalones.

RUCK Y MAUL

–¿Dónde has estado, amigo?

–En ningún lado. He estado trabajando en unas cosas –August los escuchó antes de verlos. Los amigos de Jack lo tenían a este encerrado contra los casilleros–. ¿Vendrás a correr con nosotros cuando termine la temporada?

–No, no puedo. Estoy ocupado.

–¡Pero el entrenador te necesita, hombre! Tenemos que mantenernos en forma entre temporadas.

Jack levantó la vista con expresión dura y descubrió a August, antes de que este pudiera desaparecer en la esquina. Jack lo miró directo al hablar:

–No estaré en la próxima temporada. Así que no tengo que entrenar con ustedes en *esta* temporada –luego se abrió camino entre sus excompañeros de equipo y avanzó por el corredor.

–¿Qué quieres decir? ¡¿No jugarás la próxima temporada?! –preguntó August cuando Jack pasó junto a él.

–No quiero hablar de eso. *Vamos.*

OCIMUM BASILICUM

August decidió ir a la casa de Jack después de la escuela para prepararle algo de comer. No sabía cocinar muchas cosas; solo comidas básicas, como chile, emparedados de queso y esa clase de cosas. Pero Jack necesitaba comida casera, sus padres no habían estado en casa en semanas. No habían regresado desde antes de la Navidad. Su buzón estaba tan lleno que August consideró meter todas las cartas en una bolsa de basura y arrojarlo todo en su habitación. Se sentía muy molesto.

Así que allí estaba, intentando hacer una lasaña con las instrucciones de la caja.

Jack se acercó a la cocina, se apoyó contra el marco de la puerta y lo observó en silencio. August lo miró por sobre su hombro, pero ninguno de los dos dijo nada. Sintió la mirada de Jack mientras esparcía la pasta en una fuente y le agregaba salsa; luego esparció un poco más de pasta y agregó queso rallado y arregló todo hasta sentirse satisfecho. Y entonces metió la fuente al horno.

–Desearía que pudieras vivir aquí conmigo –fue casi un susurro.

August se lavó las manos y se las secó al descuido con el trapo de cocina.

–No puedo. Sabes que no puedo. Mi mamá, ella...

–Lo *sé*. Fue un *deseo*, August

Jack finalmente se movió de su lugar en el marco de la puerta. Se sentó a la mesa y dejó caer su cabeza entre sus manos.

–¿Por qué no regresan? –susurró.

–No lo sé –respondió August con firmeza–. Tienes que dejar de pensar en eso. Te destruirás a ti mismo. Después de cenar, iremos al río.

August salió de la cocina, para no dejar lugar a discusiones.

SIERVO

Antes de que llegaran al agua, Jack deslizó su mano en la de August. Lo hizo sin preguntar. Con confianza. Como si debiera estar ahí. August fue arrastrado (con gusto al principio, luego con fuertes protestas) directo dentro del río. Sumergido con la ropa puesta y con el agua que corría de prisa. Tan fría que estaba a minutos de convertirse en hielo.

Jack lo hizo avanzar hasta que el agua estuvo casi a la altura de su pecho y luego descansó la cabeza sobre la curva del cuello de August.

–¿Qué harías por mí?

–No lo sé. Cualquier cosa, probablemente –August tembló mientras pensaba una respuesta.

–¿En verdad lo crees? –no lo dijo con amabilidad. Sonó como una amenaza.

Jack malinterpretó el silencio de August como una negativa y enterró los dedos en su cuerpo. August ahogó un grito de dolor, pero no se apartó.

–Vamos. Salgamos del agua –dijo con cuidado–. Regresemos a casa.

PURGA

Faltó mucha gente al almuerzo del lunes. Eso lo dejó en la mesa solo con Alex y Jack, quien había emigrado en silencio a su grupo de amigos luego de dejar el equipo. Alex estaba estudiando para un examen avanzado y había esparcido sus papeles por toda la mesa. August empujó su cuaderno, para poder apoyar su bandeja de comida.

–¡Oye!

–¿Sabes dónde está Daliah? No la he visto desde que regresamos del receso –dijo August, ignorándola.

–¿Por qué debería decírtelo? Eres grosero –Alex resopló mientras se acercaba los papeles para protegerlos.

–Dile o derramaré jugo en tus papeles –advirtió Jack en tono amenazante, sin levantar la vista de sus ravioles.

–Uf. Ustedes dos. No sé por qué siquiera... –Alex negó con la cabeza–. Daliah fue arrestada por distribución de drogas. Dudo que vuelvas a verla. De verdad, están poniéndose duros con esa clase de... comportamiento. Te sugeriría que lo tomes como advertencia.

Jack miró a August y alzó una ceja en un asentimiento silencioso. August gruñó dramáticamente y se desplomó en su silla.

GÜLEN

No habían pasado dos horas de clases, cuando August fue llamado a la oficina. Se sentó nervioso en una silla con pintura amarilla descascarada y esperó.

El director lo observó por algunos minutos, midiéndolo en silencio. Era un exmarino: corpulento, con bigote, y no se lo reconocía, precisamente, por su paciencia e indulgencia. Una vez que hubo transcurrido el tiempo suficiente para aterrorizar a August por el mero suspenso, el director arrojó una bolsa plástica sobre el escritorio.

–¿Sabes algo de eso?

–No.

–Jason Matthews dijo que te compró esto a ti –el director no parecía impresionado–. Puedes decir lo que quieras, pero la policía revisará tu casillero de todas formas. Si encuentran algo, habrá consecuencias.

August sintió como si alguien estuviera echando agua helada por la línea de su columna. No debería haber nada allí. No había recibido nuevas provisiones desde que Daliah se había ido durante el receso de invierno. Pero ¿y si encontraban restos de polvo, o si a él algo se le había escapado? No debería haber nada. Él nunca usaba sus provisiones. *Nunca* abría los paquetes. Ni siquiera sabía qué era la mitad de las cosas.

August permaneció sentado, paralizado por el miedo, mientras el director lo miraba como un lobo hambriento. La sangre latía en los oídos de August al ritmo de las agujas del reloj de pared. En el preciso momento en que la ansiedad lo hacía sentir que estaba a punto de desvanecerse debajo de su piel, un oficial asomó la cabeza por la puerta:

–Está limpio.

–Sal de mi oficina –dijo el director con las manos sobre su escritorio.

ARDOR

August salió de la oficina, bajó las escaleras y caminó directo a la puerta principal. Simplemente no podía terminar el día. Y, como siempre, se encontró en el bosque. Con rapidez, juntó unas ramas y buscó cerillas en su abrigo. Cuando la pira estuvo encendida, se quitó la mochila y se acomodó junto al fuego.

Quizás demasiado cerca.

Estaban volando cenizas hacia su rostro y cabello.

La tensión en su cuello y en sus hombros era fuerte, intensificada por el miedo. Estaba tan estresado que quería llorar. August observó las llamas y se rogó a sí mismo dejar de temblar. Eso era lo único que funcionaba. Los cigarrillos ya no podían hacer eso por él. Claro, eran más portátiles, pero no funcionaban tan rápido como el fuego.

Deseaba poder compartir ese sentimiento con Jack. Ni siquiera sabía cómo llamarlo. Ese apaciguador y relajante *ardor*.

NO

–Te lo dije, August. Te lo dije.

Mientras miraba la pared, August sacudía la ceniza en el cenicero junto al sofá de Rina. Pensó que podía saltarse una clase sin que llamaran de la escuela a su mamá, pero debió haberlo pensado mejor.

–No puedes confiar en lo que otras personas asumen que eres por siempre –Jack lo observaba desde el otro lado de la habitación–. Eventualmente mirarán más allá de tu ropa costosa y de tu prolijidad, y notarán cómo eres en verdad. Tienes suerte de haberte salido con la tuya esta vez. Pero no fue más que suerte. No puedes confiar en eso.

Rina los observaba con curiosidad desde la cocina mientras bebía té vestida con su bata. Ella nunca los interrumpía cuando se ponían así.

–¿Y cómo soy "en verdad", Jack? –replicó August, totalmente consciente de que había mordido el anzuelo, pero más allá de que le importara. Acababa de perder una gran parte de su ingreso familiar y no estaba de humor para que lo sermonearan.

–Eres solo... –Jack suspiró, molesto–. Maldición, August. Sabes lo que quiero decir –dijo gesticulando con exageración–. Por fuera eres, pareces, ordenado e inmaculado y... solías cortarte el cabello cada semana, ¡por amor de Dios! Pero en el interior eres... no... bueno, no eres así. Todo ese orden no está ahí. Quiero decir, al menos, puedes ver en mi exterior que estoy totalmente chiflado. Al menos, no es una maldita sorpresa. Tú eres demasiado complejo y... actúas como si algo estuviera arañando para salir de tu interior.

August simplemente lo miraba.

–Algo malo –concluyó Jack con una expresión de completa devastación.

Se hizo un silencio y luego August dejó su cigarrillo, se levantó del sofá y se puso su abrigo.

–¡No! No, espera, no quise decirlo así. Yo solo... –Jack estiró su brazo para retenerlo, pero August lo apartó con rudeza y fue hacia la puerta–. August.

August se detuvo, con la mano sobre la manija de la puerta.

–No quise decirlo... quiero decir... no te vayas. Por favor.

August cerró la puerta con cuidado detrás de sí.

PUNTO MUERTO

No hablaron por una semana. August estaba molesto por tantas cosas que simplemente *no podía*. Jack asistió a clases cada vez con menos frecuencia hasta que desapareció por completo del radar el miércoles.

August se esforzaba por que no le importara.

Tenía mucho sexo de distracción con Gordie, que también parecía intentar distraerse. Y el resto del tiempo lo pasaba durmiendo.

Aunque el sábado, el sábado era diferente. Podía sentir el cosquilleo debajo de su piel. ¿Y si Jack no estaba comiendo? ¿O durmiendo? ¿Y si estaba muerto? Era tan fácil pensar cosas terribles. Solo podía sentirse seguro si lo veía...

Tras varias horas de ansiedad, August se puso su abrigo y montó su bicicleta.

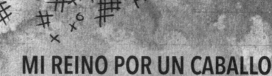

MI REINO POR UN CABALLO

August dejó su bicicleta en el jardín, buscó la llave dentro de la maceta de la entrada y se metió en la casa de Jack. Todas las luces estaban apagadas. Atravesó la sala y subió las escaleras en busca de Jack; pero no había nadie allí.

–En la cocina –Jack lo estaba esperando. Solo, sentado en la oscuridad, con una taza de café frente a él en la mesa. Observó a August por un momento, luego le indicó que se sentara–. Así que has regresado.

–Nunca me fui –dijo August mientras se sentaba.

–Eso no es precisamente cierto –respondió Jack con brusquedad. Estaba tamborileando sus dedos con rapidez y nerviosismo contra la taza de café, pero no dijo nada más. August tenía la vista baja en la mesa. Había algo que presionaba su garganta. ¿Vergüenza? No. Era pena. Podía sentir cómo el calor aumentaba en sus mejillas–. Ven aquí –exigió Jack.

August se puso de pie y caminó hacia él.

–Al suelo –lo reprendió Jack–. No alzaré la mirada para verte. De rodillas.

August bajó lentamente hasta que sus rodillas dieron contra el linóleo. Cerró los ojos.

Jack estaba mirándolo, August podía sentirlo.

–Este es tu juego, August. *Tú* lo pediste. Y no hemos terminado de jugarlo, porque no pediste que lo dejemos –Jack estaba cerca. Su aliento se filtraba por los párpados de August y lo hacía estremecer–.

Siento haberte hecho enfadar. Pero no huyas de mí. No debes abandonar a tu rey. Es... deshonroso. Cobarde. No puedes dejarme atrás –dijo el Rey de Mimbre en tono sibilante.

Y tenía razón. August no podía dejarlo atrás.

–¿Lo sientes?

August asintió. Lo sentía.

Jack se deslizó de su silla y se arrodilló en el suelo frente a él, pero ya no parecía correcto que estuvieran al mismo nivel. August percibió cómo su propio cuerpo descendía cada vez más, hasta que su frente estuvo en contacto con el suelo.

CHICO

El bolsillo de August estuvo vibrando durante toda la clase de Química. No había tenido oportunidad de revisar su celular, pero era probable que fuera Gordie.

Más temprano ese día, Alex le había dicho que probablemente Gordie le pidiera que él volviera a ser su novio. Ella pensaba que las cosas iban bien y quería que él se comprometiera en una relación.

Y las cosas iban *bien*... de algún modo. No estaban peleando, lo que era como un milagro, y a él realmente le gustaba contar con ella. Pero todo el hecho de volver a salir con Gordie le provocaba ansiedad. Sería más sencillo dar un paso al costado en ese momento, antes de que revivieran toda su relación anterior.

Ella merecía a un chico mejor que él. Alguien que tuviera tiempo para tener citas, en lugar de deshacerse de ella todo el tiempo para ocuparse de Jack.

Y él *tenía* que ocuparse de Jack. Eso era innegociable.

Cuando sonó el timbre, tomó su teléfono y respondió al mensaje que encabezaba la lista sin leerlo:

tenemos que hablar. 12:00 detrás del gimnasio

SECO

–No creo que debamos seguir viéndonos –dijo August directamente. No le gustaba andar con rodeos. Estaba demasiado cansado para esas cosas en esos días.

–¿Por qué? –reaccionó Gordie con el ceño fruncido.

–Sé que te gusto. Que realmente te gusto –continuó August–. Y lamento eso. No debería.

–¿Por qué? –preguntó ella con tranquilidad–. ¿Por qué no debería?

August bajó la vista hacia el césped. No estaba seguro de cómo responder a esa pregunta.

–No tenía intención de que te involucraras. No sabía que estabas de verdad interesada en tener algo serio hasta que Alex me dijo lo que sentías. Yo solo... no puedo hacerlo ahora. Lo siento.

–Eres un maldito mentiroso, August. Sabes exactamente por qué yo no debería. Estás tan enterrado en tu propia basura hipócrita que ni siquiera puedes admitir que nunca te gusté, ni que me deseaste en absoluto.

–Gordie, sí me gustaste. Me gustas...

–¿Y sabes qué es lo mejor? –Gordie se rio, fuerte y enfadada–. Siempre supe que eras así y te quise, a pesar de eso. Pensé, "tal vez yo puedo darle lo que necesita, aunque yo no sea a quien realmente desea", pero...

August dejó de escuchar. ¿Qué quería decir con eso? No había otra chica a la que él quisiera. Estaba demasiado ocupado para siquiera pensar en considerar algo así.

–Y ni siquiera tienes la decencia de hablarme como un hombre y respetarme admitiendo que me usaste.

–Lo siento –August se frotó la frente con ambas manos–. Solo estoy muy cansado ahora, ¿de acuerdo? Aún podemos ser amigos.

–No. No podemos –Gordie se alejó negando con la cabeza. Ni siquiera le dio un golpe de despedida.

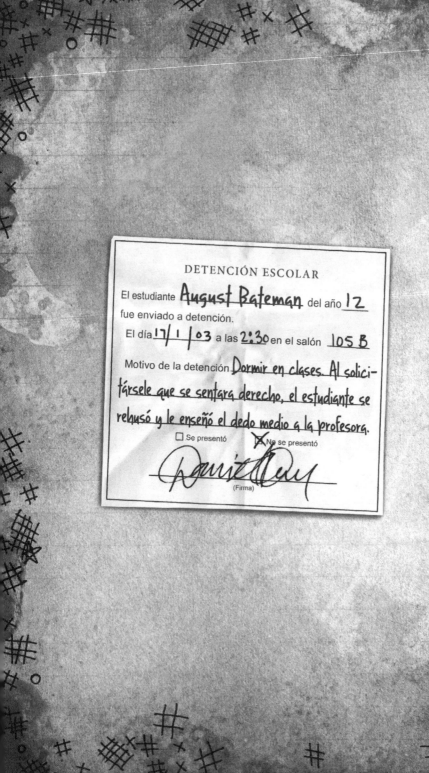

DETENCIÓN ESCOLAR

El estudiante **August Bateman** del año **12** fue enviado a detención.

El día **17** / **1** / **03** a las **2:30** en el salón **105 B**

Motivo de la detención **Dormir en clases. Al solicitársele que se sentara derecho, el estudiante se rehusó y le enseñó el dedo medio a la profesora.**

☐ Se presentó   ☒ No se presentó

_____
(Firma)

MANOS CALIENTES

Jack lo miraba maliciosamente, con una sonrisa peligrosa.

–No golpees tan fuerte la próxima vez –protestó August.

–No puedo prometerlo –las manos de Jack se movieron y August se estremeció. Pero no se movió.

–Esto parece como un terrible ejercicio de confianza.

–Solo lo dices porque eres malo en este juego. Además, no es mi culpa. Si te movieras a tiempo, no serías golpeado.

August puso los ojos en blanco dramáticamente y Jack aprovechó la oportunidad para deslizar sus manos de debajo de las de August y golpeárselas por arriba. Fuerte.

–¡Ah! Por-el-amor-de-Dios.

–Yyyyyy, cinco de cinco. Yo gano –dijo Jack con soberbia.

–Bien, bien. Pagaré –August protestó y alzó las manos en el aire–. Pero la próxima vez, juro que haremos piedra, papel o tijeras, en lugar de jugar manos calientes. Porque no es nada justo que yo tenga que pagar por los helados y aguantarme la irritación.

–Sí, sí, sí. Sopórtalo, siervo –Jack palmeó el hombro de August de manera irritante mientras este buscaba su dinero.

LECHE

Ver comer a Jack era una de las actividades menos predilectas de August. Era tan asqueroso, pero una vez que comenzaba a mirar, no podía dejar de contemplar el desastre. Jack succionaba el helado de goma de mascar que goteaba por sus dedos. Seguía la línea todo el camino hasta su brazo, lamiéndolo sin vergüenza. Había pedido un cono.

August no tenía idea de por qué alguien podría hacer algo así. Él comía su helado en taza, de un modo cuidado y con una cuchara, concentrado en verse adusto.

—Te ves más feliz de lo normal —comentó Jack.

—Estoy frunciendo el ceño activamente, Jack.

—Pf, como si eso significara algo. Lo haces todo el tiempo. En general, tienes una arruga de rabia extra entre tus cejas, pero no está ahora. ¿Qué has hecho?

—Rompí con Gordie.

Jack parecía demasiado emocionado por esa información:

—¿Qué? Nada, nada. Estoy orgulloso de ti, hombre. Ella merece algo mejor —Jack cubrió todo su helado con la boca y succionó con fuerza.

—Sí, así es —August hizo una mueca y apartó la vista.

Comenzaron a pasar todas las tardes en la casa de Rina. Normalmente iban con bocadillos o algo para cenar, luego se recostaban en el suelo a terminar su tarea. El apartamento de Rina era genial. No tenía la sensación de vacío de la enorme casa de Jack o la apacible supervisión parental de la casa de August, una vivienda considerablemente más pequeña. Además, ninguna de las dos casas tenía a una linda chica dando vueltas en forma constante.

August levantó la vista de su tarea de Historia y observó mientras Rina se inclinaba para quitar una mancha de sus tacones dorados.

Sintió que Jack lo observaba mirarla, así que August volteó para alzarle una ceja. Pero cuando lo miró, Jack tenía la vista sobre su libro.

–Oye, ¿Jack?

Jack levantó la vista, sorprendido.

–¿A dónde estamos ahora? –preguntó August.

–Estamos en… una colina. Hay viento aquí también, pero no puedo sentirlo. Solo puedo ver cómo hace bailar al césped.

–¿Mi apartamento está en una colina? –Rina asomó la cabeza desde la cocina para participar de la conversación.

–Podría decirse –respondió Jack secamente.

–¿Qué más hay?

–Ovejas –dijo de inmediato–. O al menos, parece que podrían relacionarse con ovejas. Tienen demasiados cuernos.

–Jesús –Rina parecía horrorizada–. ¿Cómo haces para andar así?

Jack miró hacia la alfombra.

–No tienes que responder a eso si no quieres –intervino August con suavidad.

–No, no importa –Jack se encogió de hombros–. Lo único que tiene sentido ahora son las personas. Observo cómo se mueven por el espacio y sigo sus pasos. No es tan malo como parece. Y, cuando eso falla, lo sigo a él –concluyó mirando a August.

August evitó su mirada.

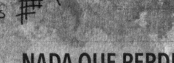

NADA QUE PERDER

Jack quería irse a dormir temprano, así que le dio un beso de despedida a Rina y salió de prisa hacia las escaleras, pero August se detuvo en la puerta.

–Oye, sé que es una pregunta extraña pero... ¿por qué nos dejas quedarnos aquí?

Rina se cruzó de brazos y se apoyó contra el marco de la puerta.

–¿Qué importancia tiene? Ya están aquí y no les digo que no.

–Lo sé, lo sé –August se rio y se frotó la nuca con incomodidad–. Pero, en serio. Yo nunca... normalmente las personas no son así de abiertas. O no hacen nada por... nosotros.

Con su ceño fruncido, Rina se meció de adelante hacia atrás sobre sus tacones. Estaba evitando mirarlo a los ojos.

–¿Sería débil si dijera que solo me sentía sola? Es difícil hacer amigos después de la escuela –admitió.

–No es débil –respondió August.

Él hizo una pausa, para comprobar sobre su hombro si Jack estaba atrás, luego tomó a Rina entre sus brazos en un breve abrazo.

–No es débil. Mi mamá me dijo una vez que estar solo te hace sentir más débil cada día, incluso si no lo estás –dijo en voz baja–. Pero no es tan malo si estás con otras personas que también están solas. Podemos levantarnos unos a otros como una torre de naipes.

–Tú mamá suena muy inteligente –murmuró Rina apoyada en el cuello de su chaqueta.

–Sí –August sonrió–. Es la mejor.

* Mis chicos

DIEZ CENTÍMETROS

August, Roger y Peter tenían Geometría juntos. Habían pasado las últimas semanas migrando de sus asientos asignados, lo hacían disimuladamente por el salón, hasta que Roger acabó sentado frente a August con Peter a su izquierda, contra la pared.

Se pasaban notas. Como era de esperarse, a Jack no le agradaba que se discutiera sobre él en público, un error que August había cometido una vez. Pero ya que todos comenzaron a almorzar juntos y sus tardes estaban totalmente ocupadas, August tenía que encontrar alguna forma de mantener a los gemelos actualizados mientras Jack no estuviera con ellos. Eso parecía funcionar bastante bien.

La principal preocupación de Roger era asegurarse de que Jack y August estuvieran bien, mientras que Peter estaba más interesado en los avances de la profecía:

Lo que más me interesa saber es cómo le afectará a su estado actual el cumplir con la prueba. Me pregunto si mejorará o empeorará.

August lo miró con furia y escribió su respuesta: *Jack no es un experimento. Deja de hablar así de él.*

Su respuesta: *No te pongas tan susceptible.*

Antes de que August pudiera echar todo el infierno sobre él, Roger le arrancó el papel de su mesa.

–Ignóralo –le dijo–. Lo estás haciendo bien.

GUARDIÁN

August fue a la biblioteca de la escuela, tenía que devolver algunos libros. Había comenzado a extraer cuentos de hadas para Rina porque ella ya había agotado la selección de la biblioteca del pueblo. Para sorpresa de August, se encontró con que Gordie y Carrie-Anne estaban sentadas juntas, hablando emocionadas en una mesa al fondo de la habitación.

Nunca habían sido amigas. Eso era... sorprendente.

En el pasado, Gordie se había quejado con August acerca de Carrie-Anne, pero en ese momento estaba atrapada por lo que fuera que Carrie-Anne estuviera diciéndole, como si fueran viejas amigas. De pronto Gordie descubrió a August mirándolas desde el otro lado de la habitación. Dijo algo y luego Carrie-Anne también volteó a verlo.

August las saludó y sonrió; como un acto reflejo, más que nada.

Gordie no le devolvió el saludo. Carrie-Anne frunció el ceño y volteó el rostro. Lo que sea que haya dicho después hizo reír a Gordie. Luego le sonrió a él con abierta hostilidad, como si supiera algo que él no. August apoyó sus libros en el mostrador, escaneó su identificación y salió de allí lo más rápido posible.

–Fue extraño –dijo August con su cabeza apoyada contra el sofá de Rina.

Rina chasqueó la lengua con desaprobación y siguió acariciándole el cabello con sus dedos.

–Es decir, en general Carrie-Anne moriría antes de que la vieran con alguien como Gordie. Son diametralmente opuestas. Lo único que tienen en común es que ambas me odian.

–Además, Gordie era tu... novia; a falta de un mejor término. Y Carrie-Anne era la de Jack.

–Sí, bueno –August pensó por un momento–. Eso no me hace sentir mejor con que comiencen una nueva relación basada en el odio.

–Eres malo con las chicas, August –comentó Rina y, con sus rodillas, le apretó los hombros–. Eres tan atractivo e inteligente, y *devastadoramente misterioso*, pero no te interesas en realidad por nada fuera de un grupo de personas muy específicas. De las cuales ninguna es tu compañera de turno. A veces, a las chicas, solo les gusta liberar tensión y hablar de los chicos con los que salieron. En especial, si sienten que han sido despreciadas de algún modo. Dales una tregua y deja que se diviertan un poco. Yo también estaría molesta.

–¿Piensas que soy atractivo? –preguntó August con una sonrisa. Intentó voltear a verla, pero Rina sujetó su cabeza y le cubrió los ojos.

–Uf. Si tu cabeza crece más, no pasarás por las puertas. Deja de sonreír, *sanam*, y ve a apagar la tetera. El té ya debe estar listo.

El corazón de él se hinchó, palpitante.

CÍCERO

Jack llegó cerca de media hora más tarde. Estuvo a punto de tropezar con el tope de la puerta, pero logró componerse y seguir adelante. Había comenzado a tener magullones por todos lados debido a que se golpeaba contra cosas que no podía ver.

No se molestaba en ocultarlos. No le importaba.

—Santo Dios, no creerán el día que he tenido. Solo quiero dormir por siempre —dijo mientras dejaba caer su mochila junto al sofá. Se quitó sus All Star y se desplomó en el suelo, enrollado cerca de las rodillas de August.

»Desearía un puré de papas y un masaje —agregó.

—Todos tenemos deseos —comentó August sin pensarlo. Había decidido no decirle nada a Jack sobre Gordie y Carrie-Anne. Ya tenían mucho de qué preocuparse.

—Te ves más delgado —dijo Jack de pronto.

August se encogió de hombros.

—Tienes que comer.

—Lo hago. Solo estoy algo estresado. No te preocupes.

PENUMBRAS

Rina regresó tarde del trabajo. Cerró la puerta con cuidado al entrar. August contempló en silencio su figura bajo la luz tenue del descanso. Ella dejó su bolso y su chaqueta en el armario de abrigos y se quitó sus tacones centelleantes.

Jack respiraba con tranquilidad, dormido.

Rina volteó y los vio. Sentados, enlazados. Pasó caminando sobre la alfombra.

Las miradas de Rina y August se encontraron.

Jack gimió, a punto de despertar y August instintivamente lo abrazó más fuerte. No apartó la mirada, desafiando a Rina a que dijera algo al respecto. Ella ladeó la cabeza y los observó, contemplativa. Luego de un momento, como si hubiera llegado a alguna conclusión, se inclinó y le dio un beso a Jack en la mejilla. August la miró, con su mente invadida por la interferencia.

Y luego Rina se detuvo y se inclinó, para besarlo a él también. No fue un beso en la mejilla, como el de Jack, sino uno intenso y real. Hambriento. Con los dedos hundiéndose en su cabello, para sujetarlo.

Luego se apartó, fue a su habitación y cerró la puerta.

CREMA

–Entonces, ¿te gusta?

–Sí, me agrada. Justo como dijiste que sería.

–Ah. Mmm...

–¿Qué? ¿No es lo que querías desde el comienzo?

–Sí, así es... ¿Comenzarás a salir con ella?

–Si es lo que ella quiere –respondió August encogiéndose de hombros.

–¿Eso es lo que tú quieres?

–¿Eso es lo que *tú* quieres? –replicó August, riéndose por lo bajo mientras seguía decorando cupcackes. Estaba bromeando; no notó que Jack se había estremecido como si hubiera sido abofeteado. Dando la espalda a su rey, abierto y vulnerable.

–Haz lo que quieras. Sabes a quién perteneces –si la expresión de su rostro era algo en que se pudiera confiar, claramente Jack lamentó sus palabras en el preciso momento en que salieron de su boca.

August dejó la espátula y se volvió, para mirarlo. Sonrió, siempre indulgente, incluso ante la petulancia de Jack.

–Sí. Lo sé.

Se fundieron uno con el otro.

Cinco meses atrás, él probablemente hubiera estado demasiado nervioso y habría pensado demasiado en toda la situación. Pero en ese momento, en lo único que August podía pensar era en el rojo de los labios de ella y en la delicada curva de su cuello. No tenía lugar para nada más.

Rina Medina, Reina del Desierto. Reina del espacio entre manos trabajadoras y zapatos Louboutin.

Se lo hizo con fuerza.

Ella no pidió más.

Era extraño, pero ella hacía que él deseara darle cosas. Hacía que él deseara cubrirla de diamantes. Que él deseara trabajar hasta poder darle un palacio. Lo hacía desear robarla como si ella fuera una obra de arte invaluable. Hacía que él deseara ser egoísta.

Él no quería dejar nunca esa pequeña choza que ella llamaba *hogar*.

ROPA DE CAMA

Rina estaba acostada a su lado mientras él fumaba y miraba por la ventana. Y con sus dedos, ella tamborileaba sin parar la rodilla de él.

–A veces –dijo ella–, siento un fuerte deseo de tener algo. Algo costoso o difícil de encontrar, como trufas. Si no puedo tenerlo, intento con lo siguiente mejor: M&M, Snickers. Lo que sea. Pero no importa cuánto de eso tenga, no llega a satisfacerme... –giró para mirarlo–. No me importa ser eso para ti.

–No lo eres. No sé qué quieres decir –respondió August–. Intento no desear cosas que no puedo pagar.

–Eres un mentiroso de primera, August Bateman. Cada centímetro de ti desea cosas que no puedes tener... o que no sientes que debas tenerlas.

–¿Por qué estás siendo tan vaga? –dijo, impaciente–. Solo dime lo que quieres decir, Rina. Si quieres algo de mí, todo lo que debes hacer es pedirlo.

–¿No puedes ver que eso intento decirte? –ella lo miró como si fuera agotadoramente estúpido–. No quiero nada de ti. Nunca lo hice. Estabas rompiendo su corazón y lo único que lo ayudó fue verte feliz. Y yo lo sabía y estoy bien con eso. Lo supe desde el principio. Por esa única razón, están aquí...

August comprendió todas las oraciones por separado, pero juntas no tenían ningún sentido.

–¿Por qué es tan confuso para ti? –preguntó ella–. ¿Qué pasa contigo?

Antes de que él pudiera responder, la manija se movió y la puerta se abrió.

Jack estaba de pie allí, llenando el espacio de la puerta de un modo incómodo. Sus ojos pasaron sobre ellos y se detuvieron en Rina, que lo miraba desafiante; con sus pezones tersos, el cabello oscuro suelto sobre sus hombros. Él miró por un momento al encendedor en la mano de August. Jack se veía exhausto y como si estuviera a punto de salir corriendo.

–Shh. Ven aquí –dijo August con calma. Jack dudó–. Está bien –agregó y se movió para dejarle espacio.

Con su cabello color arena revuelto en direcciones extrañas, Jack miró a Rina, nervioso, mientras se acercaba a la cama. August dio una última pitada a su cigarrillo, luego se estiró sobre Jack, para dejar el cigarrillo en el cenicero junto a la cama.

–¿Estás bien? ¿Ocurrió algo? –preguntó Rina.

–No. Yo solo... –Jack parecía avergonzado–. Me duele la cabeza.

–¿Quieres que busque una aspirina? –August comenzó a levantarse, pero Jack se acurrucó más cerca de él y cerró los ojos.

–No. No. Estoy bien. No te vayas a ningún lado.

TENSIÓN

–Necesitan resolver esto –Rina se levantó de la cama y comenzó a ponerse su uniforme.

August suspiró y siguió acariciando la cabeza de Jack. Jack se había quedado dormido poco después de llegar.

–Él siempre ha sido algo extraño. Eso no me molesta. He pasado la mayor parte de mi vida siguiéndolo, haciendo lo que él quiere. Así que esto tampoco es nuevo, incluso con... todo. Solo es más dramático.

–Tú lo amas –no lo dijo como una pregunta.

–Soy *responsable* de él –respondió August mientras miraba con el ceño fruncido al rostro de Jack–. Y estoy en deuda con él. Saber que está bien es importante para mí. Más importante que nada en este momento.

–Sé que probablemente no quieras escuchar esto, pero no creo que eso sea sano.

–Probablemente no –admitió August, pero no detuvo su mano.

GOLPE

Jack se había quedado a dormir. Había olvidado un libro en su casa, así que August montó su bicicleta para buscarlo. Comenzó a llover en el camino.

August dejó la bicicleta tirada en el jardín y fue hacia la puerta. Buscó las llaves en su bolsillo, pero algo hizo que se detuviera. En lugar de abrir, se acercó y tocó.

El padre de Jack abrió.

August no había visto a ese hombre en meses. Lucía igual que Jack, pero mayor, más refinado. Estaba parado, allí en la entrada, como si perteneciera a ese lugar, como si fuera inocente, sosteniendo una copa de vino.

—Hola August, ¿has visto a Ja...?

August le dio un golpe en el rostro. Con el suéter del hombre apretado en sus puños, August empujó al padre de Jack hacia dentro y lo arrojó contra la pared..

—¿Dónde has estado, maldito hijo de puta?

—¡Aléjate de mí!

—Él te esperó. Eres su padre. ¡Tú eres su *padre*! Se supone que estés ahí para él.

—No puedes decirme cómo criar a mi hi-hijo —tartamudeó. Tenía ojos grises como los de Jack.

August lo liberó, disgustado, dio un paso atrás y dejó caer sus brazos.

—¿Ah, sí? ¿Y quién cree que lo ha estado criando mientras no estaba? Lo que dice es una mierda y lo sabe. ¿Y Navidad? *¿Navidad?* Tiene suerte de que no le abra la cabeza contra la acera.

El padre de Jack se desplomó contra la pared mirando a August con horror y furia. Con una mano, se apretó la nariz que sangraba, en un intento fallido de que la sangre no cayera en su camiseta.

–Lárgate de mi propiedad o llamaré a la policía –dijo.

–Regresaremos en la mañana por el resto de las porquerías de Jack –August ya estaba a mitad de camino de salida.

SOBERANO

August estaba tan enfadado que temblaba. Intentó calmarse antes de regresar a su casa, pero no estaba funcionando. Seguía recordando el rostro de ese bastardo. La furia resonaba en su cabeza y le nublaba la vista.

–Tú papá regresó –dijo August tras abrir la puerta de golpe–. Te mudarás aquí. En la mañana, iremos por tus cosas.

–¿Qué hiciste? –Jack lo miraba con calma.

–Cumplí una promesa.

Pasó un momento para que Jack comprendiera el significado de eso. August esperó. Le caía agua del cabello y de la ropa, por lo que mojaba toda la alfombra.

Ambos respiraron.

Finalmente, el Rey de Mimbre se puso de pie y atravesó la habitación.

August cayó de rodillas frente a él. Sus puños seguían apretados con fuerza y enojo, listos sobre sus muslos. Apretó los dientes y, una vez más, esperó.

Una mano pasó por su rostro, se detuvo un momento en su cabello y luego pasó por su oreja, para terminar en su mentón. August no recordaba haber cerrado los ojos, pero la oscuridad era profunda, penetrante e intensa.

–*Bien hecho.*

La frase resonó en sus huesos como si hubiera sido dicha por gigantes, por *dioses*. Nada podía remplazar la gracia de tener la aprobación del Rey de Mimbre; la paz de regresar tras haber defendido su honor. Las frases que pasaban por su mente eran antiguas, ridículas y *necesarias*, y más reales que nada que hubiera conocido.

August inclinó la cabeza, para posar sus labios sobre la mano de su rey, para reafirmar su lealtad. La rabia ya se había ido. Había cumplido con su propósito.

–Mírate.

August abrió los ojos y volvió a ver simplemente a Jack, un chico sin su corona. Mirándolo con una expresión confundida entre algo de asombro y algo de miedo.

ALMOHADA

El celular de August vibró en la mesa de noche y cayó al suelo. Él salió de la cama y recorrió el suelo a ciegas, para recogerlo. Era un mensaje de Roger. August suspiró con fuerza y se dejó caer de vuelta en la cama, casi le da un codazo a Jack en el rostro.

Mi mamá regresó de Praga. Deberías venir a verla

Le dijiste?

Lo envió rápido y se frotó los ojos. Era una propuesta digna de considerar.

–¿Qué estás haciendo? ¿Por qué hay tanta luz? –Jack se quejó, cansado, y se acercó más a la pared.

–Roger está enviándome mensajes. Quiere que vea a su mamá, para que pueda hablar de ti con ella.

No. No lo hice. Te dije que no lo haría, pero deberías venir de todas formas. No te has estado viendo muy bien últimamente. No deberías tener que lidiar con esto solo

Jack volteó, para ver qué estaba ocurriendo.

No te preocupes por mí Roger

–Roger está preocupado por mí –susurró August.

–Es más agradable de lo que parece –Jack sonrió soñoliento.

–Sí.

Piénsalo

Entendido. Gracias

NUNCA LO SABRÁS, CARIÑO

–Hice algo para ti –dijo Rina y se levantó de pronto. Fue a la cocina, apagó rápido la tetera y luego se metió en su habitación. August se levantó y comenzó a servir el té en sus pocillos. Tomó uno en cada mano y fue a sentarse al sofá.

–Cierra los ojos –dijo Rina mientras aparecía en la sala con una mano escondida en su espalda.

Él obedeció.

Rina tomó los pocillos de sus manos y los apoyó con cuidado en el suelo. Luego hizo que se sentara derecho y se sentó sobre su falda. Él la tomó de la cintura y abrió los ojos. Rina presionó con fuerza un CD en su mejilla.

–¡No te dije que podías abrirlos aún! Eres terrible siguiendo instrucciones, August. Uf. Como sea. No te rías, te hice un compilado.

August besó sus manos, besó su frente, besó su mejilla, luego su boca, frotando su nariz con la de ella, sonriendo. Le quitó el CD de las manos y lo arrojó hacia su mochila, al otro lado de la habitación.

–Gracias.

–No sabía qué música te gustaba y me sentí cursi y sentimental.

–¿Por mi pequeño ser? ¿Ahora contraeremos matrimonio? –August pasó un dedo bajo un tirante de su sujetador y le dio un chasquido con él. Rina le respondió con un golpe.

–Cierra la boca. ¿Cuál es tu canción favorita? –le preguntó mientras le quitaba la camiseta.

–*Gloria*, de Patti Smith.

Rina arrugó la nariz con disgusto.

–¿Cuál es la de Jack?

–*You are my sunshine*–August sonrió con satisfacción.

–¿En serio? Eso es tan extraño –Rina chillaba mientras August recorría su estómago como si sus dedos fueran arañas. Comenzó a tocarla con deseo, poniéndose sobre ella, mientras ella se reía e intentaba arrancarle los pantalones.

–*Él* es extraño. Pero no hablemos de él ahora.

1-800

Roger comenzó a mandarle mensajes a diario. Normalmente era alguna versión de *¿Estás bien?*, pero a veces le mandaba cosas que lo hacían reír, como *Peter odia los pimientos rojos. Preparé la cena y se los puse igual.* O preguntas extrañas como: *¿Cómo se decidió que aplaudir es una buena forma no verbal de mostrarle a alguien aprecio?* o *¿Qué es más aterrador: una enorme cosa aterradora o muchas, muchas pequeñas?*

August no era tan gracioso y, en general, solo respondía cosas muy directas. Pero era divertido.

–Debes ser su primer amigo real, aparte de Peter –dijo Jack.

–Sí, puede ser eso, pero pienso que también está comprobando si estoy bien –August cerró su celular y lo volvió a guardar en su bolsillo–. Solo que lo hace de forma que parezca muy casual.

–¿Y qué hay de malo? –Jack se encogió de hombros–. Mientras que no hable, no hay problema. Estoy bastante seguro de que en este punto, si hablan con alguien, me apartarán de mis padres por negligencia severa o algo. Sigue respondiéndole.

–Sí. Sí.

RADIACIÓN DE CUERPO NEGRO

August estaba sentado en el bosque, liberando tensión cuando, de pronto, se le erizó el vello de la nuca.

–Así que esto es lo que haces cuando yo no estoy.

August se movió para intentar ocultar el fuego y pateó tierra seca y hojas sobre él. Pero Jack rio y le dio una palmada en el hombro.

–Está bien, en serio. Todos tenemos nuestros vicios y secretos. ¿Qué eres ahora, un pirómano? –estaba sonriendo. Era una bonita sonrisa.

–No, yo solo...

–¿Solo estás comenzando pequeños incendios por todo el bosque cada semana? No eres sutil, August. Lo descubrí muy rápido. ¿Así es como logras lidiar conmigo y mi pequeño problema?

–No, eso no es...

–Calla –dijo Jack con severidad. August se quedó en silencio–. Yo no... no puedo entender por qué tú... –Jack se cubrió la boca, luego cruzó los brazos, como si intentara decidir qué decir.

August no podía mirarlo a los ojos. El peso de la desaprobación de Jack lo ahogaba.

–¿Puedes dejarlo?

–Yo... no lo sé.

Jack volvió a reír, negando con la cabeza. Luego giró sobre sus talones y se alejó de allí.

VOLAR

Jack dejó de caminar. Deslizó su mano bajo el brazo de August y lo alejó de los árboles frente a ellos.

—¿Qué?

—Shh. Te escuchará —susurró Jack. August miró al bosque desierto, luego giró para mirar a su amigo. Las uñas de Jack se enterraron en su carne.

»Mierda. *Mierda*. Puede vernos. Maldición. *CORRE* —echó a correr y arrastró a August consigo.

Atravesaron el bosque camino al pueblo, saltando sobre árboles caídos y esquivando ramas. El brazo de August se liberó de la mano de Jack, pero siguió adelante, porque Jack claramente corría por su vida.

—*Vamos*, August. No puedo perderte. No puedo —estaban pisándose los talones y August apenas podía ver el camino entre los árboles. Resbaló en el fango y cayó duramente.

»*¡No!* —gritó Jack. Giró en el aire y pateó uno de los árboles, con un brazo rodeando el tronco, giró sobre sí mismo en una increíble demostración de desesperado atletismo. En un completo cambio de dirección, corrió hacia August y lo ayudó a levantarse.

Y voló hacia la luz.

Jack soltó un grito cuando llegaron al camino despejado. Ambos se detuvieron. August no podía respirar. Su corazón latía tan fuerte que sentía que estaba muriendo. Jack se tambaleó unos metros más adelante y miró al cielo, jadeando con igual dificultad.

–¿Qué... qué demonios...? ¡¿Qué viste?!

En lugar de responder, Jack miró su mano. Tenía profundos cortes debido a la corteza del árbol y estaban comenzando a sangrar.

–Jack. ¡Maldición... dime... qué está pasando!

–PUEDES HACER SILENCIO UN SEGUNDO. Solo un segundo... *por favor* –cayó al suelo y se cubrió sus ojos con las manos, manchando su rostro con sangre. Estaba temblando terriblemente.

August se inclinó junto a él y lo puso de pie.

–Vamos. Te llevaré a casa.

PREOCUPACIÓN

–Fue horrible. Parecía un bisonte, pero al menos cinco veces más grande. Su cuerpo estaba medio podrido y su piel colgaba asquerosamente. Su quijada caía hasta el suelo y aún tenía restos de carne entre los dientes. No creo haber estado más asustado en toda mi vida –Jack bebió directamente de la botella de vino. Cuando la dejó, Rina la apartó de él.

»Lo peor de todo fue que, cuando por último volteó a mirarnos, sus ojos eran casi humanos. Como tú sabes, en la saga de La materia oscura, en el tercer libro, cuando... no importa. Como sea, parecía como si fuera muy listo. Como si hubiera sido capaz de hablar si su mandíbula no hubiera consistido en unas enormes fauces podridas, con dientes mortíferos afilados como navajas.

–Así que debo asumir que es la primera vez que ves uno de esos –dijo August con indiferencia. Aún estaba exhausto por haber tenido que correr un kilómetro sin ningún tipo de advertencia.

–Sabes lo que significa, ¿cierto? –Jack lo miró–. Significa que *se nos acaba el tiempo*. Las misiones siempre tienen un final; ya sea bueno o malo. Siempre.

–Me pregunto qué habría pasado si hubiera dejado que me atrapara –dijo August pensativo mientras se acariciaba el mentón.

–No averiguaremos eso.

–¿Por qué? –insistió August.

–Simplemente porque *no*, bastardo insoportable.

–Quiero decir, desde un punto de vista técnico, no puedo tocar nada de tu mundo. Es probable que tampoco puedan tocarme a mí.

—¿Y qué si sí? ¿Tendría que ver cómo te devoran violentamente? ¿Y entonces perdería por completo la capacidad de verte? ¿Y qué hay de eso? –replicó Jack, enfadado.

August se quedó en silencio.

VERDAD

August descansó la frente en el cuello de Rina mientras ella lavaba los platos, enfadada.

–Tienes que llevarlo al hospital –susurró ella.

–Lo sé –dijo August.

–Ya no puedo hacerme responsable de esto. Yo no lo tendré bebiendo en mi casa para que escape de esto.

–No lo hará, lo prometo. Casi nunca bebe. Solo estaba asustado.

–Si él es tu responsabilidad, debes ser lo suficientemente responsable para solucionarlo –Rina volteó, tenía fuego en la mirada–. Si estás cuidando de él, cuídalo –murmuró furiosa.

–¿Qué crees que estoy haciendo? –respondió August.

–Creo que estás haciendo lo mejor que puedes –dijo Rina y arrojó el trapo de cocina al fregadero–. Pero lo mejor que puedes no siempre es suficiente –agregó, un poco más calmada–. Algunas veces... tienes que dejar de intentarlo y permitir que alguien más haga su mejor esfuerzo. Para sobrevivir.

Fue lo peor que August había escuchado. Respiró profundo y cerró los ojos. Cuando los abrió, pudo ver que ella ya sabía lo que él iba a decir antes de que saliera de su boca.

–Podemos manejarlo. Él ya no beberá. Gracias por preocuparte.

Luego salió de la cocina y llevó a Jack a casa.

VALIENTE

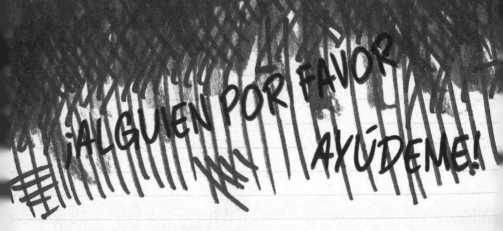

¡ALGUIEN POR FAVOR
AYÚDEME!

AGUA

August giró y parpadeó adormecido ante la luz de la mañana. Frunció el ceño. Jack estaba sentado, despierto, mirando por la ventana.

–¿Aunque sea dormiste algo?

–No.

–¿Aún estás enfadado por lo de ayer? –August suspiró.

–No. Eso ya no importa. He estado pensando. Creo que he descubierto cómo cumplir con la profecía.

–¿Qué quieres que haga?

Jack se quedó en silencio.

–Solo dímelo. Y deja de parecer tan asustado. No diré que no.

–Podemos hacerlo con fuego o con agua. Con el fuego ya estás familiarizado, así que eso no sería un problema. El agua... el agua me preocupa. Hay dos formas de hacer que puedas relacionarte con las cosas del otro lado. La primera es hacerlo manualmente: creamos una fuente de energía suficiente alrededor del Diamante Azul, para encenderlo. O la alternativa, bautizarte. En un ritual.

–El agua suena más simple –August rio, nervioso.

–Tenemos que sumergirte –continuó Jack–. O al menos, lo suficiente para que pases por la entrada, pero no demasiado como para que no puedas regresar. Debes enfrentar lo que hay más allá de este mundo para que puedas jugar en el mío.

August miró a Jack. Lo miró de verdad. Lucía débil. Totalmente agotado. La piel bajo sus ojos se veía tan delgada que parecía que tenía magullones.

–¿Eso quieres?

–No lo quiero. No quiero que tú... Pero creo que, tal vez, las visiones terminen si nosotros... –Jack tragó saliva.

–Lo haré –prometió August–. Lo haré. Ven aquí, duerme. No te preocupes por eso, lo haré.

ROMERO Y TOMILLO

En cuanto llegaron al comedor, Jack armó una almohada con sus libros y se recostó a dormir. August revolvió sus macarrones con queso sin pensarlo, mientras miraba por la ventana.

–Se ven terribles, chicos –declaró Peter.

–¿Estás hablando? –dijo Alex, sorprendida, con toda razón.

–Podemos hablar –respondió Peter, con los ojos entornados–, solo no nos gusta hacerlo. Pero pensé que sería bueno que August escuchara cuán absolutamente terrible y cansado luce. Como si la vida hubiera sido absorbida de su cuerpo... por... algo. Pero no imagino qué podría ser –continuó con picardía. Se metió un tomate cherry en la boca y absorbió la mirada de August con intencionada indiferencia.

Para sorpresa de August, Roger ni siquiera calmó a su hermano. En cambio, se acercó y puso su mano sobre la de August, para que dejara de revolver enérgicamente su comida.

–Se te está acabando el tiempo –dijo Roger con amabilidad.

–Nadie debe salir lastimado. Ni siquiera tú –agregó Peter.

–¿Me estoy perdiendo de algo? ¿Qué está pasando? –Alex los miró con sospecha mientras se acomodaba las gafas.

–Nada –August apartó la mano de Roger de la suya–. Estamos bien.

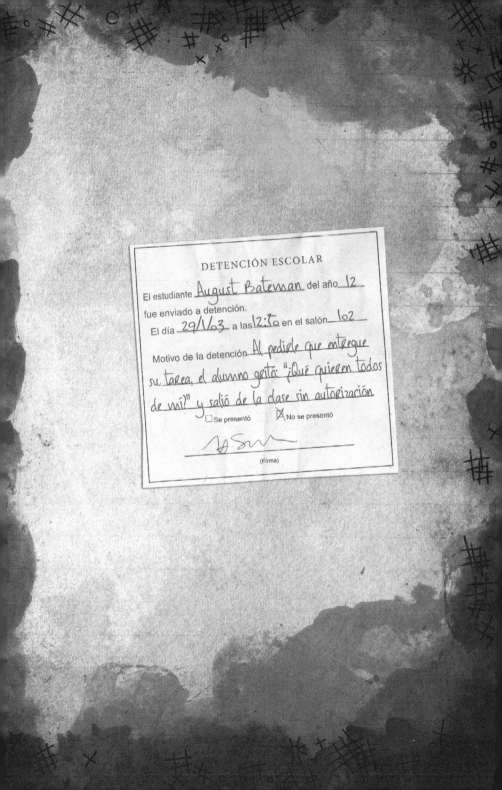

DETENCIÓN ESCOLAR

El estudiante *August Bateman* del año *12* fue enviado a detención.

El día *29/1/63* a las *12:50* en el salón *102*

Motivo de la detención *Al pedirle que entregue su tarea, el alumno gritó: "¡Qué quieren todos de mí!" y salió de la clase sin autorización.*

☐ Se presentó ☒ No se presentó

_____
(Firma)

TENSO

August cerró la puerta del salón al salir, ignorando los gritos furiosos de la señora Sirra, y caminó de prisa por el corredor. No podía *respirar*. No podía respirar. Su corazón golpeaba contra sus costillas como si estuviera intentando saltar al suelo. Se detuvo, se apoyó contra los casilleros cerca del gimnasio y se esforzó por tomar aire. Y se deslizó hasta el suelo, con el rostro contra el metal frío.

Había visto a su mamá pasar por eso. Era solo un ataque de pánico. No estaba muriendo, era solo un ataque de pánico. Siempre pasaban. Estaban diseñados para pasar.

El corredor bailaba frente a sus ojos, así que los cerró. No podía permitirse salir de la escuela temprano. Tenía Historia más tarde y estaba apenas a un tres por ciento de obtener una D. Su promedio ya estaba más bajo de lo que había estado en toda su vida, pero tener menos de 3,0 no era una opción si quería ir a la universidad.

August presionó la mejilla contra el casillero con más fuerza, apretó los ojos tanto que cayeron lágrimas de sus extremos, y se concentró en bajar su ritmo cardíaco.

Podía hacerlo. Era solo la escuela. La escuela era algo sencillo. Podía recuperar sus trabajos. Podía enviar correos de disculpas. Podía pedir más tiempo. Podría conformarse con menos que lo mejor. Podía hacerlo. Todo lo que debía hacer era ponerse de pie, respirar y terminar el día.

Todo estaría bien.

August se puso de pie y se metió en el baño. Buscó el encendedor en su mochila y lo encendió una y otra vez, hasta que la piel cerca de la llama entró en calor. Hasta que su corazón desaceleró y pudo ver figuras danzando en la luz. Hasta que pudo volver a respirar.

Y de pronto, con una oleada de terror, descubrió que ya no podía vivir sin eso.

Ya era una parte de él, tanto como todo lo demás. Ya no podía escapar de eso, como nadie podría escapar de su propia piel. Solo regresaría, una y otra vez, arremolinándose en su interior, creciendo como el hambre. Desearía el fuego hasta su muerte. Se hizo un ovillo contra la pared y escondió la cabeza entre sus brazos.

Sujetó el encendedor con tanta fuerza que el metal comenzó a fundirse.

Formulario de salida de suspensión activa

Nombre	Fecha	Docente supervisor	Docente a cargo
August Bateman			

Cumplí con un período de suspensión activa porque: _Prendí fuego un libro en el estacionamiento_

De este incidente aprendí: _...a no quemar libros en el estacionamiento?_

Si me encuentro en esta situación otra vez, yo: _no quemaré un libro en el estacionamiento._

Pienso que es una mejor decisión porque: _no estaría llenando este formulario_

Como "máximas" creo que todos los estudiantes deberían:

1. _asistir a clases_
2. _sentarse en silencio en clases_
3. _no quemar libros_
4. _____
5. _____

Por favor use este formulario de salida para redactar una carta, al reverso de la hoja, para otro estudiante, detallando decisiones positivas que podría tomar a lo largo del día. Intente ser un ejemplo para otros, brindando ejemplos específicos de cómo ser mejores.

Firma del estudiante: _AB_ _____ Fecha _____

SAJÓN

El césped nuevo le hacía cosquillas a August en su mejilla mientras descansaban en el campo con sus abrigos y mochilas tirados alrededor.

–Cuéntame de la profecía otra vez.

–Solo si comes esta manzana.

August frunció el ceño ante el pedido, pero le arrancó a Jack la manzana de la mano y le dio un gran mordisco.

–Básicamente, el Rey de Mimbre, que soy yo, tiene que regresar a la ciudadela, esa sería la mitad de la profecía. Y el caballero campeón del Rey de Mimbre, que eres tú, debe poner el Diamante Azul en su atril. Si no se cumplen ambas partes, el Rey Demediado tendrá acceso al trono vacante y no habrá protección contra la oscuridad y su horda de espectros succionadores de almas. O lo que sea. Además, no es para preocuparte ni nada, si no trabajamos en esto, la influencia de la ciudadela se extenderá y este mundo quedará envuelto en desesperanza hasta el fin de los tiempos.

–De acuerdo... ahora háblame del fuego –Jack apartó algo que August no podía ver de su rostro y luego continuó.

–No es que necesitamos fuego, sino una fuente de energía. Al Diamante Azul no le importa si se trata de energía libre o energía destructiva, solo que sea suficiente para hacer que encienda. Podemos usar energía eléctrica, pero eso sería muy complicado. Probablemente necesitaríamos cerca de un voltio y, por mucho que me gustase arriesgarme a morir electrocutado, no me gustaría verte morir a ti por accidente –Jack sonrió al decirlo–. El fuego es una buena opción, porque la energía destructiva es salvaje, descontrolada y barata. Solo tenemos que encontrar una buena forma de generar una cantidad decente.

–Podríamos incendiar un edificio –arriesgó August, pensativo–. Podríamos incendiar la fábrica de juguetes alrededor del atril.

–Sí –Jack puso los ojos en blanco–. Salvo que eso sería un *crimen*. ¿Por qué no podríamos simplemente quemar algunas cosas en el bosque?

–¿De verdad quieres provocar un incendio forestal intencional? Se extenderá hasta el pueblo. Nos encerrarían de por vida.

–¿Y no lo *harán* si incendiamos todo un maldito edificio?

–Amigo. La fábrica de juguetes está abandonada. Lo ha estado por más de veinte años. A nadie le importa –con desgano, August lanzó a un costado el cabo de la manzana y se volteó.

–De acuerdo... de acuerdo –Jack asintió lentamente, luego de pensarlo un momento–. Si el agua no funciona, haremos eso. Como sea. Solo necesitamos darnos prisa. El pueblo se está volviendo más oscuro a medida que se acerca a la ciudadela y está agotándome. Los avispones imperiales están apareciendo de la nada. No tenemos mucho tiempo.

August no tenía idea de lo que eso significaba, pero aun así se estremeció.

CONTEO DE HILOS

August bajó las escaleras y se sentó junto a su mamá en el sofá. En la tele estaban dando *The Price is Right*. Era desagradable y el volumen estaba demasiado alto, y August deseó simplemente poder estrellar esa cosa contra la pared.

—Tengo una pregunta.

Ella asintió, pero ni siquiera parpadeó.

—¿Harías algo malo si supieras que, al final, sería mejor que peor?

—Lo que es bueno es bueno y lo que es malo es malo —murmuró ella mientras jugueteaba con la punta de su edredón.

August apretó los dientes por la frustración, pero siguió hablando con voz tranquila.

—Tengo que hacer algo importante. Y peligroso...

—¿Es por Jack?

—Ah. Em. Sí —respondió, sorprendido.

—Crees que no me doy cuenta de las cosas. Pero sí lo hago.

SEMPER FIDELIS

–¿Estás asustado?

–No.

–Sí, lo estás. Pero eres muy valiente, también... –Jack se movía nervioso, sentado en el borde de la tina–. Ahora entiendo por qué te eligieron en lugar de a mí. Por qué el concejo te quería a ti como su campeón y por qué yo no era apto.

August abrió el grifo.

–Tienen historias sobre ti, canciones. Te llaman *el Cuervo, el Ave Dorada*, el *Rey Corazón de León*. Las mujeres te sonríen cuando caminamos por las calles; los hombres hablan de ti en sus fogatas. Está escrito en todos los muros. Te aman y tú ni siquiera puedes *verlos*... mi *Corazón de León*. ¿Puedes imaginarlo?

Jack mantuvo la mirada fija en un azulejo mientras August se quitaba la camiseta y los pantalones, y los dejaba amontonados en la esquina. Luego se metió con cuidado en la tina y se sumergió en el agua, con los bóxers empapados.

–Espero que esto funcione.

August se sentó repentinamente y tomó el brazo de Jack.

–Estoy haciendo esto por ti. No por el Rey de Mimbre. No por esto en lo que nos convertimos. Sino por *ti*. Si algo sale mal, quiero que recuerdes eso.

Jack asintió. August se deslizó hasta estar bajo el agua...

Y respiró.

CLARIDAD

Volvió en sí, tosiendo agua en la tina. Su nariz sangraba. La habitación *daba vueltas*. A la distancia, podía sentir que Jack le apartaba el cabello de la frente, en un intento desesperado de ayudar.

August se apretó la nariz hasta que la sangre se detuvo, luego se desplomó en el suelo, exhausto. Jack lo levantó y lo meció en sus brazos.

–¿Has visto algo? –preguntó Jack con un tono aterrado y esperanzado.

August respiró profundo. Su pecho ardía y temblaba. Le tomó un minuto responder, aunque intentó con valentía hacer que las palabras salieran.

–No –dijo ahogado–. Lo siento.

Jack se acercó a él, con su frente presionada contra la de August, por la pena. Respiraban el mismo aire. Tan cerca, pero sin tocarse. Tras la confusión, August se preguntaba si Jack podría sentir los restos de polvo de estrellas que había llevado consigo de los extremos de la muerte.

–Está bien –murmuró–. Todo estará bien.

TÁRTARO

Al día siguiente, fueron a la escuela como si nada hubiera pasado. August tenía examen de Matemáticas. Jack durmió durante Literatura.

Ni Alex ni los gemelos dijeron nada sobre los magullones con forma de dedos alrededor del cuello de August.

Ni del modo en que sus manos temblaban al levantar su agua.

Ni de cómo su comida permanecía intacta en la mesa, por tercera vez esa semana.

August quemó un libro en el estacionamiento, otra vez, porque sus manos habían comenzado a temblar incontrolablemente, por el estrés, y no podía encontrar otra solución en tan corto plazo. Aunque fue más cuidadoso en esa ocasión y logró que no lo descubrieran. Después, apagó el fuego con Coca Cola, se puso su mochila, respiró profundo y volvió a entrar.

ARÁNDANO

Al día siguiente, a August, lo despertó el timbre de la puerta. Eso no había ocurrido en... años. Incluso el cartero solo golpeaba y dejaba los paquetes en la entrada. August bajó las escaleras, desconfiado, y espió por la mirilla. Para su sorpresa, Alex estaba de pie frente a la puerta. Apenas la veía fuera de la escuela, mucho menos, en su propia casa. Abrió la puerta y se apoyó contra el marco.

—Hola, ¿qué haces aquí?

Alex sostenía una caja y parecía incómoda. Puso la caja en las manos de August y abrió la tapa.

—Te hice unos cupcakes —dijo abruptamente.

—Gracias... ¿No es mi cumpleaños? —tomó uno y lo olió. Debían ser caseros, aún estaban calientes.

—Sé que no somos cercanos y eso está bien; esto no es un extraño obsequio para ganar tu amistad ni nada. Tengo suficientes amigos —explicó agitando sus manos—. Solo quería hacer algo que quizás te gustaría. No pareces muy... es decir, no me corresponde decir nada al respecto, ni criticarte... sé que no soy perfecta y yo solo... yo... no sé qué está pasando en tu vida, pero no pareces estar... ¿bien? Y solo quería que supieras que, si *alguna vez* necesitas algo, puedes contar conmigo.

—Guau... Gracias —respondió August en voz baja y aferró la caja con más fuerza.

—De acuerdo. Me iré ahora. Probablemente esta sea la cosa más incómoda que he hecho en mi vida.

August dio un mordisco a uno de los cupcakes mientras observaba cómo ella bajaba los escalones de su entrada. Estaban deliciosos. Perfectos en todo sentido.

–Oye, Alex –ella volteó–. Eres una verdadera estrella.

Alex sonrió.

ORO

August golpeó a la puerta del apartamento de Rina. Ella abrió solo la mitad y se quedó parada en la entrada, impidiéndole pasar.

Lucía radiante. Su cabello estaba recogido en un rodete desordenado. Llevaba puestos bóxers y un viejo suéter gris. Sus labios estaban pintados de rojo brillante.

–Oye –dijo antes de que él pudiera hablar–. Tomé una decisión.

–De acuerdo. ¿Cuál? –August se meció sobre sus talones y dejó caer su pesada mochila al suelo.

–No dejaré que vengan más –respondió mientras tamborileaba el marco de la puerta con sus uñas–. Eso solo les da lugar a que ustedes crean que todo esto está bien. No quiero ser una incitadora. No es justo. Tienes que conseguirle ayuda, August. No puedes regresar aquí hasta que le consigas ayuda.

August tragó saliva y bajó la vista a sus zapatos.

–No te hará ser un mal amigo –continuó ella con suavidad–. No significa que lo quieras menos. No significa que yo te quiera menos.

Rina tomó su mano y la apretó, luego lo acercó y dejó que él escondiera su rostro en la cuerva de su cuello. August deslizó sus brazos alrededor de su cintura y la sujetó con fuerza todo lo que pudo. Luego levantó su mochila y la volvió a poner sobre su hombro.

–Regresaremos, lo prometo –dijo con la voz quebrada–. Cuando volvamos a vernos, las cosas serán diferentes.

Rina acarició su mejilla y le bajó la cabeza para que estuviera a su altura. Y luego le dio un dulce beso en la frente.

–Espero que así sea.

BLOQUE

August se despertó de un salto.

–Amigo. Es día de fotografía –el chico sentado al lado suyo dejó de picarlo en la nuca cuando vio que August ya no dormía–. Tenemos que ir todos al gimnasio, acaban de anunciarlo por altavoz. ¿Por qué no estás bien vestido?

August miró a su alrededor. El chico tenía razón. Casi todos vestían de camisa y corbata y las chicas, vestidos. Bajó la vista a su camiseta desgastada. Con toda la conmoción que estaba viviendo últimamente, había olvidado por completo el día de la foto. Era algo tan irrelevante en la larga lista de cosas en su vida que apenas se le había pasado por la mente que sería en esa época del año.

Ya no había nada que pudiera hacer al respecto. Así que simplemente suspiró y siguió a sus compañeros de clases por el corredor, hasta el gimnasio. Roger y Peter lo identificaron con rapidez y fueron hacia él entre la multitud.

–¿Eso es lo mejor que pudiste hacer? –dijo Peter despectivamente al observar la ropa de August.

–Lo olvidé. He estado ocupado –respondió August señalando su camiseta. Estaba un poco avergonzado. Peter le apartó la mano y comenzó a acomodarle el cabello.

–No tires de tu camiseta. Estás empeorándolo. Tienes suerte de tener un buen corte de pelo, al menos –Peter lo regañó, con el ceño fruncido. August estaba tan exhausto que solo dejó que pasara.

–Te traje algunas muestras –comentó Roger mientras buscaba

algo en su mochila–. Ansiolíticos, pastillas para dormir, ¿qué quieres?

–No quiero tus drogas, Roger, pero gracias por ofrecerlo. Sólo quiero tomarme la fotografía y regresar a clases, para poder volver a dormir –masculló August.

–Bueno –Peter bajó las manos y observó a August desesperanzado–. Es lo mejor que puedo hacer. Quieren que nos formemos en orden alfabético, así que tenemos que ir al final. Nos vemos después –los gemelos se alejaron, pero no sin que Roger lo mirara con una de las expresiones de más profunda pena que August había recibido en toda su vida.

August presionó los puños y ocupó su lugar en la fila.

FLASH

–Entonces, ¿quieres el fondo gris o el negro?

–El negro.

La luz era tan brillante que los ojos de August apenas podían hacer foco. Miraba a la cámara entornando los ojos.

–¡Siéntate derecho y sonríe!

Sí, estaba haciendo eso. Aprovechó la oportunidad para buscar a Jack cerca del final de la fila, para ver cómo estaba.

–En serio, chico. Solo tienes una toma.

Ah, lo encontró. Jack estaba contra la pared, guiándose con una mano. Apoyándose en el calor de la persona delante de él, para seguir a ciegas la forma de la fila. La gente lo chocaba y él se tambaleaba, desprotegido. Como un pequeño bote blanco, mecido en las olas negras de un mar agitado. El corazón de August se estremeció ante la imagen.

–*Dije* que ya terminamos.

Bajó de la banca y comenzó a caminar hacia el Rey de Mimbre, como si estuviera siendo tirado por una cuerda invisible. Pero antes de poder llegar a él, su maestra de Lengua le bloqueó el camino.

–Todos los estudiantes deben sentarse en las tribunas hasta que el resto de la clase haya terminado.

August sacudió la cabeza para aclarar la mente y se frotó los ojos.

–Ah. Está bien. Lo siento –dijo y fue a sentarse con los demás.

EL ASCENSO DEL REY DEMEDIADO

August estaba sancionado y tenía que quedarse después de clases ese día, así que no salió de la escuela hasta tarde. Volvió a casa caminando cansado. Pero antes de que pudiera terminar de entrar, escuchó los gritos. Subió las escaleras corriendo y abrió la puerta de su habitación de un golpe. Nada. Corrió al baño y ahí lo encontró. Jack estaba en una esquina, hecho un ovillo lo más pequeño posible, con los brazos sobre la cabeza. August se abalanzó sobre él y levantó sus brazos con fuerza en busca de heridas. Miró detrás de la puerta y consideró si eso era tan malo como para molestar a su mamá al respecto.

–¡August! ¡August! –chilló Jack mientras hundía las uñas en los brazos y en la espalda de August.

–¡Jack! ¡Cálmate! –gritó en vano ante la histeria de Jack. Parte de él quería liberarse de Jack, correr abajo y llamar a emergencias, pero otra parte, quería abrazarlo y unirse a su pánico–. ¡Jack! –August lo tomó de la nuca y lo sujetó con fuerza, hundiendo las uñas en su piel–. ¡Jack, detente!

–No... –Jack temblaba de miedo–. *Por favor.*

–¿Qué está pasando? ¡¿QUÉ ESTÁS VIENDO?!

–Están a tu alrededor –murmuró Jack con los ojos muy abiertos y perdidos–. Hay diez de ellos. Vestidos de negro. Están hablándome, pero no puedo escucharlos. No funciona así. No puedo escucharlos y están cambiando el mundo. *Mi* mundo. Y no puedo volver a cambiarlo...

–¿Cómo lo están cambiando? –preguntó August con el rostro de Jack entre sus manos–. ¡Jack! ¡Tienes que decirme qué está pasando!

Jack cayó al suelo con una melancolía indescriptible y arrastró a August con él.

–No lo sé –sollozó–. No lo sé.

AMOR

Despertaron en el suelo del baño. El rostro de Jack aún tenía marcas de lágrimas de la noche anterior. Levantó la cabeza y analizó críticamente a August. August lo miró, exhausto.

–Estás tan delgado... –dijo Jack–. No has estado comiendo.

August tragó saliva y su garganta ardió como si hubiera tragado lana de acero. Cerró los ojos ante la expresión del rostro de Jack. Su cabeza se sentía tan pesada.

–August, tienes que comer –insistió Jack. Llevó una mano a sus labios y los acarició con la yema de los dedos, la sequedad raspaba su piel–. Vas a morir. –Resolló, tembloroso. Sonaba asustado otra vez.

–Tú también –susurró August–. No podemos vivir así, Jack. Tenemos que hablar con alguien. Somos solo... niños.

Jack apoyó la cabeza en la pierna de August y August dejó caer su mano débil sobre la mejilla de él. Volvió a cerrar los ojos y se hundió en la oscuridad.

–Lo lamento –dijo Jack.

–No lo hagas.

MECHA

Ese día faltaron a la escuela. August llevó una caja de Pop-Tarts arriba y las comieron en la cama. Estaba demasiado cansado para cocinar. Jack terminó la suya primero y volvió a mirar perdido a la nada.

–Entonces... fuego –dijo luego de un tiempo.

–Fuego –asintió August.

–¿Sigues teniendo ese encendedor que te di? Todo este tiempo y no lo perdiste.

–Sí.

–Que romántico –rio Jack–. Mi caballero en su maldita radiante armadura.

–No es la gran cosa –respondió August, ruborizado–. Es solo un encendedor –murmuró. Jack lo miró por un momento.

–¿Hay algo que sea "solo" algo? ¿Luego de todos estos meses? ¿Incluso vestido en mis colores? ¿Incluso teniéndote a mis pies? ¿Incluso cuando el cielo está cayendo y lo único que puedo escuchar, además de tu voz, son los gritos de las personas al morir y el estruendo de caballos? Recordaste conservarlo cuando ni siquiera podías recordar comer. Es un encendedor, sí. Pero también es todo... –Jack sonrió–. Hemos tenido nuestro conductor todo el tiempo.

August miró por la ventana. Su vecina estaba paseando a su perro. El autobús escolar se detuvo para dejar niños de la primaria. Pasó un avión volando alto. El cielo estaba tan azul.

Jack se acercó, tomó el mentón de August y apartó su rostro de la luz.

–Tú quemas cosas todo el tiempo en estos días –dijo con suavidad–. ¿Lo harías por mí?

August lo miró. Miró al gris de los ojos de Jack. Tan claros eran; sin un rastro de delirio. Solo feroces y grandiosos como el día en que él yacía de espaldas sobre el lodo del río. Diez mil años atrás.

–Ya sabes que lo haría –afirmó August.

Ya lo sabes. Maldición, lo sabes.

HOUSTON

August apoyó el bidón de gasolina y esperó. Jack encendió un cigarrillo y lo sostuvo entre sus dientes blancos antes de pasarlo. Como un beso indirecto a través de la nube de humo.

–¿Tendría que hacerlo de adentro hacia fuera?

–Hazlo como sea, solo asegúrate de que esté hecho.

–¿Vendrás conmigo? –preguntó August tranquilo mientras exhalaba humo en el viento.

–¿Acaso los reyes marchan a la guerra?

–Solían hacerlo.

Podía sentir a Jack sonriéndole. Respiró profundo para poder sentirlo en sus pulmones. Eso era. Eso era todo.

–Venga a nosotros tu reino. Hágase tu voluntad.

EL FUEGO

August cortó con un cuchillo los cables del sistema de alarma y de los rociadores. Se ocupó de las oficinas más lejanas primero, acomodó las mesas y sillas, y dejó las puertas abiertas.

Luego se dedicó al perímetro del suelo de la fábrica. Recorrió la habitación en círculos, rociándola toda con gasolina. Le estaba tomando tiempo. El fuego estaba comenzando a romper vidrios y a consumir la madera. Tenía que ser más rápido. Sacó el Diamante Azul de su mochila, lo envolvió en el hule que Jack le había dado y lo dejó en el suelo.

Las llamas salieron de color púrpura e índigo, justo como Jack dijo que serían. Justo como Jack lo había visto con sus ojos desquiciados, justo como *debía ser*.

August recogió el Diamante y lo puso en el dispensador de agua. Ignoró el calor abrasador que las llamas le provocaban al atravesar sus guantes y que lastimaba su piel. Entonces se los quitó de las manos y los arrojó al suelo.

Miró alrededor, al rojo, naranja, amarillo, al negro y al Diamante *Azul*, que brillaba con fuerza, *finalmente* cobrando vida.

El suero de sus palmas ampolladas y en carne viva crepitaba al caer de sus manos; sabía que eso valía la pena.

BIEN

August rompió el vidrio de una patada y cayó por la ventana. Jack lo atrapó justo antes de que cayera al suelo y lo ayudó a ponerse de pie.

–¡Lo hiciste! ¡Lo hiciste! –Jack estaba loco de felicidad. Sujetó las muñecas de August que brillaban bajo la luz de las llamas.

El Rey de Mimbre era hermoso; brillante, loco, enfermo, libre. Besó las ampollas en las palmas de August.

–Gracias. Gracias....

August escondió su rostro en el pecho de Jack y se refugió contra él, para protegerse del calor de las llamas. Jack lo abrazaba con la misma fuerza, los dedos se enterraban en sus hombros, los brazos alrededor de la cintura de August y las manos en su cabello. August no se dio cuenta de que estaba llorando hasta que los sollozos comenzaron a ahogarlo.

–¿Ya se acabó? ¿Ya se acabó? –no estaba hablando del incendio.

–Tranquilo –murmuró Jack–. Lo hiciste bien –y meció a August a un lado y al otro–. Lo hiciste bien.

HIERRO Y CENIZAS

Los policías los separaron una hora más tarde, mientras los bomberos apagaban el incendio.

Ser arrancado de los brazos de Jack afectó su claridad. En la confusión, había gritos, hombres con máscaras y guantes, oficiales de policía con manos descubiertas y voces tranquilas y severas. Lo sujetaron y lo metieron en una ambulancia. Y Jack fue apartado, para ser interrogado. Los paramédicos continuaban repitiéndole algo a August y él asentía adormilado mientras ellos le vendaban las manos.

Alguien estaba gritándole a Jack y Jack gritaba en respuesta.

Las personas estaban empujando a August: lo tironeaban, movían, luego lo esposaron y encerraron en el asiento trasero de un móvil policial. No podía recordar nada del viaje. La nebulosa duró hasta que, de un golpe, cerraron la puerta de la celda. Y entonces todo se volvió nítido y no quedó nada en qué perderse, más que el sonido que hacían otros hombres que estaban con él en la celda.

HOYO

Estaban sentados a unos pocos centímetros. August rasgaba el suelo con sus dedos lastimados.

–¿El reino?

–Celebrando –respondió Jack con la mirada fija en la pared.

–¿El trono?

–Tomado.

–¿El pueblo? ¿Los espectros? ¿El impostor?

–Seguro, desaparecidos, negado.

–Aún puedes verlo todo, ¿no es así? –August volvió a rasguñar el concreto.

–Tan claro como a ti –la cabeza de Jack descansaba sobre los ladrillos, no parpadeaba. Estaban sentados como viejas marionetas con las cuerdas cortadas por el extremo; desparramados descuidadamente en el suelo, para secarse bajo el sol y el polvo–. ¿Estás orgulloso, Águila del Norte? El Campeón con Chispas en sus Venas. Cantarán canciones sobre tu victoria y saldrán palabras de tu sacrificio, de los labios de jóvenes y viejos hasta… el fin de los tiempos. ¿Estás orgulloso?

–Cállate –dijo August mientras se cerraba sobre sí mismo en el suelo de la celda–. Solo cállate.

CELDA 3

La noche siguiente la celda estaba atestada. Cuando llegaron, había tal vez otras cinco o seis personas, pero esa noche eran, al menos, quince. Él y Jack habían migrado lentamente a una esquina, para quedar fuera de la vista, detrás de un enorme hombre ebrio que estaba desplomado en el suelo agitando una pierna mientras dormía.

Jack se había mantenido alejado de August después del incendio, como si temiera que tocarlo pudiera romper alguna clase de hechizo. Al comienzo, esto le molestó a August.

Pero ahora August solo estaba molesto consigo mismo y enceguecido. Sabía que su mamá no iría por él. Y que, probablemente, los padres de Jack estuvieran fuera del estado.

Miró a Jack, que estaba temblando e intentando no llamar la atención. Un hombre al otro lado de la celda estaba mirándolo con lascivia.

–Jack –susurró–. Ven aquí.

Jack giró hacia él, perplejo. August abrió sus brazos.

Tras un momento de dudas, Jack se recostó con la cabeza sobre las rodillas de August. Estaba demasiado rígido, como si no perteneciera a ese lugar.

August se sobresaltó cuando uno de los hombres dijo algo despectivo sobre la naturaleza de su relación, pero su mano siguió firme sobre el cuello de Jack.

–*You are my sunshine. My only sunshine. You make me happy* when skies are gray –tarareó la última parte porque no sabía la letra.

VERDE

Su abogado era mujer y él agradeció que, además, tuviera hijos.

—Si te declaras culpable, probablemente te den servicio comunitario y una multa o un año de prisión, como peor pronóstico —explicó ella mientras bebía un sorbo de su café—. Rociaste todo el lugar con gasolina. El jurado no creerá si te declaras inocente.

—¿Hay alguna forma de que me declare insano? —arriesgó August.

—¿Por qué rayos querrías hacer eso? —la abogada dejó su taza de café y lo miró a los ojos.

—Porque eso hará Jack. Él es inestable. Ya no puede esconderlo. Además, si los dos alegamos lo mismo, es probable que nos envíen al mismo lugar. No me importa qué tan débil sea, vale la pena.

—¿Cuál es la naturaleza de su relación? —peguntó con una mueca y tamborileó los dedos mientras pensaba—. Sé que estaban viviendo juntos al momento del incendio.

—No estamos saliendo, si eso quiere saber —August suspiró—. Somos solo amigos, creo. Crecimos juntos. Mi mamá y la suya eran buenas amigas cuando éramos niños, antes de que mis padres se divorciaran. Así que siempre hemos estado juntos.

—Yo también tengo hijos. Tres varones... no son mucho más chicos que tú —negó con la cabeza y se rio para sí misma—. Creo que puedo entenderlo, pero... ¿te importa si te hago una pregunta? ¿Por qué lo hiciste? No tienes otras infracciones previas. Tus calificaciones eran impecables hasta este semestre. Todo parece tan poco característico. ¿Qué ocurrió?

–Tenía que hacerlo –respondió August con el ceño fruncido.

Su abogada lo miró un momento y luego puso una mano sobre la suya.

El caso se resolvió rápido. Los gemelos los delataron.

-Nadie debía salir lastimado –dijo Roger, intentando que August comprendiera–. Ni siquiera tú.

Las manos de Jack temblaron todo el tiempo.

Dieciséis meses en un psiquiátrico para ambos, con la condición de que estuvieran apartados uno del otro. Instalaciones separadas, entonces.

Jack parecía aterrado mientras se lo llevaban. Demasiado asustado para intentar acercarse a August o para decir su nombre.

CORAJE

Lo vistieron con un uniforme especial rojo y lo escoltaron por el corredor hasta su celda. Los demás pacientes se alejaron de ellos y murmuraron asustados por los corpulentos oficiales que acompañaban a August. Nunca había sentido tanta ansiedad en toda su vida. Tropezó con sus propios pies y uno de los oficiales sujetó su brazo con una fuerza desgarradora, para que se enderezara. Cuando finalmente llegaron a su habitación, la enfermera dijo algo que él no pudo escuchar debido al rugido de su propia sangre. Luego cerraron la puerta de un golpe y lo dejaron en la oscuridad.

August se quedó duro en donde lo habían dejado, en medio de la habitación, y con los puños apretados. Miró a su compañero de habitación, que se había deslizado lo más lejos posible de él sin llegar a fusionarse con la pared.

August apretó los dientes.

Había fallado. Había fallado en todas las formas posibles, con cada posible decisión que había tomado. Jack aún seguía loco. Y estaba solo. Y estaba en una prisión que él mismo había creado. La vergüenza y el arrepentimiento estaban ahogándolo desde el interior y, de pronto, se encontró gritando.

Comenzó poco a poco, pero fue creciendo a cada minuto. Elevándose, negro y desagradable desde las venas de sus pies, hacia arriba, llenando sus células y sus pulmones, enredándose en sus huesos, hasta finalmente brotar por sus ojos, espeso como alquitrán. Escapó de su boca en un aullido de furia tan profundo que hizo temblar sus dientes. Y se erizó el vello en su espalda.

Era un grito de dolor tan puro y caliente, podía jurar que sus ojos estaban ardiendo.

Y luego, como una pesadilla, su aullido contagió a otros pacientes. Como un grito de guerra. Se elevó sobre la sinfonía de gritos de confusión y miedo, los golpes en las puertas y llantos. Elevado sobre todo lo demás. Un fénix que ardió en llamas y se hizo cenizas antes de llegar a iluminar la habitación al otro lado del corredor, en donde vivía el forjador de sueños, atrapado por sus visiones. A la deriva y perdido en la oscuridad.

COMO LAS COSAS MÁS TERRIBLES

Se acostumbró.

El tiempo pasaba, a la vez, rápida y lentamente en el hospital; algo como unas incómodas y opresivas vacaciones de verano. En estas, cada día parecía durar diez mil años, pero cuando te dabas cuenta, tres meses habían pasado en lo que había parecido un instante. No esperaban mucho de él, más que se levantara y siguiera con la rutina programada. Después de las primeras semanas, su compañero dejó de sobresaltarse cada vez que él entraba en la habitación.

No era difícil estar allí. Por supuesto, por otro lado, no había nada que lo distrajera de pensar en lo que había ocurrido.

Y, si pensaba demasiado en eso, se le hacía difícil respirar. Pero no podía dejar de pensar, porque esa era la primera vez en diez años que Jack no estaba inmediatamente a su alcance de alguna manera. Se sentía... terrible de un modo indescifrable. Como si alguien le hubiera cortado un brazo o lo hubieran dejado ciego de un ojo.

Pero, como a la mayoría de las cosas, se acostumbró a eso también. No tenía opción.

EL HOSPITAL

Lo que realmente lo mataba de estar ahí era el tedio. Además de ir a la biblioteca, escribir y dormir, no había mucho más para hacer. No era como si pudiera hacer amigos realmente. August ya había tenido suficiente trato con gente loca como para toda una vida.

La soledad era aburrida pero, al menos, no tenía que participar activamente en las frenéticas quejas de su compañero o en sus gritos de ira.

Más allá de eso, la comida apestaba. Las cosas eran pastosas, saladas, insulsas o tenían una textura misteriosa. Estaba bastante seguro de que todo tenía fuertes sedantes y, por las sospechas, intentó no comer durante las primeras tres semanas. Pero todo lo que ganó fue tener más terapia personal.

Algunas veces, cuando se acostaba, lo único que lo ayudaba a dormir era pensar: *Al menos no es la cárcel, al menos no es la cárcel,* una y otra vez hasta que sucumbía al cansancio.

DESEO

August suspiró y se apoyó contra la ventana. No dejarían salir a nadie.

Estaba lloviendo y algunos de los pacientes se asustaban por el ruido o se sobreexcitaban. Era más sencillo simplemente mantenerlos a todos adentro que llevar un registro de quiénes podían salir y quiénes no. Esa era la cuestión de ese lugar. Era tan loco que, si no tenías problemas al entrar, seguramente los tendrías al salir. Pero esa idea era tan cliché que nunca la expresó realmente.

Deseaba ver a Jack.

Deseaba que hubieran sido tan amables como para encerrarlos juntos. Dejarlos estar uno con el otro. Dejarlo estar junto a Jack, como debía ser.

Había un animal salvaje atrapado en su interior que quería clavar las garras en la celda de Jack hasta que sus dedos sangraran y gritar hasta que Jack escuchara que él no quería estar lejos. Pero controló esa necesidad y la apartó.

Porque él estaba cuerdo. Y no pertenecía a ese lugar.

UN PSICÓLOGO

–¿En qué estabas pensando antes de tus acciones del trece de enero?

August cerró los ojos. No recordaba haber pensado en nada. Ya había pasado el punto en que simplemente había decidido dejar de pensar en absoluto.

–Tienes que responder la pregunta, August Bateman. Es parte de tu pena.

Cambiaba de psicólogo cada un mes o algo así. La versión de ese mes era severa, con barba y vestido de tweed.

–No hubo mucho pensamiento –respondió August después de un tiempo–. Fue más como seguir instrucciones. Y solo para mencionarlo, juro que ya les he dicho esto antes. Jack me pedía que hiciera algo y yo lo hacía. El concepto no es confuso.

–Así que lo que dices es que todo fue culpa del señor Rossi.

–No. Eso no es lo que dije en absoluto. Fue definitivamente una cosa de dos personas. Solo que... había obligación implicada. Es difícil de explicar. ¿Está lo que Jack dijo en el archivo?

–Lo lamento, pero esa información es confidencial.

Desafiante, August apoyó sus piernas sobre el escritorio del terapeuta y se cruzó de brazos.

–Bueno, *yo* lamento que usted sea un bastardo.

ESTÉRIL

El personal del hospital lo encontró apoyado contra la puerta de Jack, con una mano extendida sobre la pequeña ventana. Pensó que los pondrían en edificios diferentes pero, cada día cuando despertaba, sentía que no era así. Así que decidió investigar. Le llevó semanas, pero finalmente lo encontró; August podía sentirlo detrás de la puerta. Durmiendo, tal vez. Era una cálida mañana de marzo. Era muy excitante.

–No puedes estar en esta parte del hospital.

August volteó, enfadado, listo para discutir.

Ah. Pero era la amable empleada. La de manos y voz suaves.

–Regresemos a tu habitación.

August dejó que lo guiara por el salón, por las escaleras y a través del corredor. Fue amable al llevarlo a la cama y arroparlo con las sábanas hasta el mentón. Antes de dormirse, sintió la mano de ella acariciar su cabello.

–Pobre criatura.

CUADRILLÉ

La empleada amable regresó. August se sentó en la cama. Ella entró sin personal de seguridad, cerró la puerta con cuidado y se sentó a los pies de la cama.

–Sé que no debería estar haciendo esto, pero es muy difícil observar desde afuera y no desear ayudar. Fui a la habitación del señor Rossi hoy. Habló de ti.

–¿Sabe que estoy aquí? –preguntó August con calma.

–Él... no ha estado mejorando –respondió ella mientras retorcía las manos sobre su falda–. Tiene momentos de lucidez, pero la mayor parte del tiempo está... Como sea, habló de ti. Pidió por ti. Con bastante rudeza, debo decir.

–Sí, sí –August rio, orgulloso–. Él es así –se quedaron sentados en silencio. August miraba sus sábanas tímidamente–. ¿Crees que podrías... no lo sé... seguir haciendo esto por nosotros? Es importante.

Luego de un momento, ella asintió.

OCHO MESES

El clima era agradable, así que ese día pudieron salir. El césped estaba crujiente y frío, pero August se recostó sobre él de todas formas. Cerró los ojos y lo acarició con los dedos, se estremeció cuando la escarcha se convirtió en rocío en su piel.

–Eres extraño. No perteneces aquí.

–¿Puedo ayudarte? –August abrió los ojos de golpe bajo el sol. La chica tenía dos trenzas ajustadas y estaba envuelta en una bata rosada.

–Él grita sobre ti por la noche. El chico que tienen en la habitación pequeña. Él está loco. Él está loco. Él está loco –el rostro de ella parecía alterado y malévolo.

–Por favor, apártate –August se cubrió el rostro con un brazo.

Ella se inclinó sobre él. Su respiración olía a medicina y putrefacción.

–Pobre pequeñito en su celda. Pobre caballero inútil. Nunca respondes a su llamado.

August bajó su brazo y solo la miró. La miró porque sabía que a ella no le gustaba que la miraran.

–¡Detente! ¡Detente! –gritó ella–. ¡Solo estás celoso! ¡Solo estás celoso de mí!

Él la miró hasta que el personal del hospital se la llevó.

PÍLDORAS

El personal comenzó a seguirlo a todos lados.

August comenzó a tomar sus medicinas.

Dormía durante días.

Era como languidecer en una neblina algodonada: algodón sobre sus ojos, algodón en sus oídos, algodón en su mente. Era más fácil tomar su medicina que pensar en Jack atrapado en su habitación a menos de quinientos metros de él. Bien podrían haber sido kilómetros.

Codependencia, lo llamaban.

Codependiente

Adjetivo:

> 1. *Dícese de una relación en la que una persona es física*
>   *o psicológicamente adicta, como al alcohol o al juego,*
>   *y la otra persona es psicológicamente dependiente de*
>   *la primera en una forma no saludable.*

–¿Esto te suena familiar? –le preguntó el psicólogo. Su loquero era un hombre joven en esa ocasión.

–Sí, sí, así es –respondió riendo–. ¿Qué harán al respecto? Me gusta que sea así. ¿Qué harán?

MOMENTUM

–Eres un chico listo, August –dijo la psicóloga. Era joven. Bonita en esa ocasión. Probablemente, coreana. Usaba gafas en la punta de la nariz y le sonreía con frecuencia–. La dificultad con este caso es tu resistencia a avanzar con la terapia. Por lo que he escuchado de mis colegas, llegas al punto de hacer un avance, entonces dejas de abrirte y, en cambio, comienzas a hacer comentarios delirantes hasta que se ven obligados a terminar la sesión. No creo que sea porque no entiendes. Creo que estás actuando para poder quedarte cerca del señor Rossi.

August se encogió de hombros pero, por dentro, estaba sorprendido. Habían pasado seis meses y ella era la única que lo había notado.

La psicóloga comenzó a escribir algo en su anotador.

–A diferencia de las otras personas que trataron tu caso, yo creo que te ayudaría estar *menos* alejado del señor Rossi, porque no se está obteniendo el efecto deseado. En este punto solo parece estar exacerbándose tu codependencia. Sin embargo, es una condición de tu sentencia, así que no hay mucho que pueda hacer al respecto. Pero puedo hacer arreglos para aumentar las probabilidades de que lo veas –dejó de escribir y lo miró con intensidad–. Para hacerlo necesito tu cooperación. Necesito que confíes en mí y que dejes de actuar. Necesito que esto sea confidencial, porque haré cosas que podrían ponerme en riesgo, sin mencionar que podrían complicar tu caso. Te quedan ocho meses aquí y una audiencia en cuatro semanas. ¿Es algo que quieres, August? Porque es la única forma que veo de poder acelerar tu terapia.

–Sí –no se detuvo ni un segundo a pensarlo. Valía la pena.

La psicóloga arrancó un pequeño trozo de papel de su anotador: "El número de mi celular".

Él dobló el papel hasta que fue muy pequeño y lo guardó en la cintura de sus pantalones.

Morton Centro Terapéutico

Plan de Tratamiento Psicológico

Numero de caso: __53120__   Fecha de la sesión: __20/10/03__
Nombre del paciente: __August Bateman__   Hora: __7:30__

Personas en la sesipon: _____

Sesión individual ☒   Sesión grupal ☐   Sesión familiar ☐   Ausente ☐

Progreso del paciente: _evaluación de la primera sesión:_
ansiedad avanzada por separación, fuerte depresión,
posiblemente estrés postraumático

Objetivos fijados durante la sesión: _Descubrir por qué las sesiones_
anteriores no dieron resultados. Lograr avances
con el paciente.

Dinámica del tratamiento e intervención: _El paciente expresa creciente_
ansiedad ante el debilitamiento de su vínculo con su
compañero, el paciente Jack Rossi siente que cualquier
intervención es un ataque al espacio emocional
seguro que ha creado para sí mismo y el señor Rossi

Foco para la próxima sesión del tratamiento: _Ganar confianza._

Medicación: _Antidepresivos_

Nombre del médico: _Kimberly Cho_   Fecha: _20/10/03_
Firma: _Ko Kimberly Cho_

AVE MARÍA

La psicóloga lo llamó a un lado durante el almuerzo.

–Me dio algo para ti. Lo leí y no tiene mucho sentido.

–Está bien. Démelo –August le arrancó el papel de la mano y lo abrió. Su corazón se aceleró al ver las letras alargadas de Jack.

El sol de la mañana se elevó, dorado y rosa sobre el campo
Y, oh glorioso Ives, cómo brilló su armadura bajo la luz.
Cómo enmarcaron su rostro las plumas de su casco. Esto es
Lo que ha hecho falta desde el comienzo.
Y, mientras el campeón se erguía, con sus botas firmes en el suelo,
Aullando hacia el cielo, supe en un instante que él nunca fue
Mío en absoluto.
Él era parte de la tierra. Pertenecía a los canales
Y a los desiertos y a la oscuridad. Al rugido del trueno
Y los susurros del océano al encontrarse con la costa. A la
Lluvia que cae mientras el sol sigue brillando, a la suciedad
Atrapada entre mis dedos.
Estuve a su lado.
Nada más que el rey de un reino de lodo. Pero aun así eché mi
cabeza hacia atrás y me uní a su lamento.
Envían mensajes en las alas de un ave
Pero los rostros son mi moneda,
Y hasta que reciba el pago completo, bien pueden no enviar nada.
11:23 2:45

August se ruborizó. Era *obsceno*.

–¿Qué significa?

–Él solo... me extraña. Gracias por esto. Yo... en verdad, lo aprecio.

La psicóloga asintió, pero parecía que no acababa de creerle. August sonrió para darle seguridad y guardó la nota en la cintura de su pantalón, para volver a leerla más tarde.

–Deberías sonreír con más frecuencia –dijo ella por sobre su hombro mientras se alejaba por el corredor–. Se te ve bien.

CLORPROMAZINA

Él ni siquiera lo vio. Lo *sintió* primero. Sintió el peso de su mirada en la nuca. August volteó y allí estaba Jack, caminando entre dos enfermeros. Más delgado y frágil de lo que lo había visto jamás. Sus pómulos asomaban, blancos y demacrados. Pero sus ojos. *Ardían*.

Escuchó a los enfermeros llamar a seguridad antes de que sus dedos siquiera alcanzaran a tocar el uniforme de hospital de Jack.

–Jack. *¡Jack!* –enterró el rostro en el cuello de Jack y se aferró a él, desesperado por recordar cómo se sentía, cómo olía.

–Mi Campeón.

August sollozó.

–August, tienes que dejarme ir. Tienes que hacerlo solo –murmuró Jack en la suave curva de la oreja de August. August se alejó de él inmediatamente, como si Jack estuviera hecho de ácido. Los guardias aparecieron en estampida por el corredor como una tormenta en el horizonte.

–¿Estás bien? –preguntó August sin fuerzas. Aún sentía un deseo intenso de tocar a Jack. Deseaba volver a sentir, en la base de su cuello, las garras de las manos de Jack. Lo deseaba tanto que apenas podía respirar. Volvió a acercarse a él.

Los guardias lo arrojaron al suelo.

Morton Centro Terapéutico

INFORME DE INCIDENTE

INFORMACIÓN DE QUIEN REPORTA EL INCIDENTE

Nombre: Janet Woolworth   Cargo: Jefa de enfermeras

Unidad: Guardia psiquiátrica juvenil   Número telefónico: int. 5378

Intervención en el incidente: Atestiguó el incidente y solicitó intervención

Firma: _____   Fecha: 28/10/03

INFORMACIÓN DEL INCIDENTE

Fecha: 28/10/03   Hora: 10:07 AM

Naturaleza del incidente: Arrebato físico

Lugar del incidente: Sala de enfermeras

Pacientes involucrados: August Bateman, Jack Rossi

Personal involucrado: Enfermera January Lee, Residente Stan Reeves

Personal a cargo al momento del incidente: Enfermera Janet Woolworth

Descripción del incidente: El paciente de alta seguridad August Bateman entró en contacto con el paciente de alta seguridad Jack Rossi en la sala de enfermeras. Sujetó al señor Rossi bruscamente y requirió intervención del personal de seguridad. Una vez que los pacientes fueron separados y el señor Rossi fue retirado del lugar, el señor Bateman prestó colaboración. No hubo heridas por ninguna parte. Sin embargo, el contacto entre ambos pacientes es una violación directa de la restricción judicial del señor Bateman. Se tomaron fuertes medidas disciplinarias.

COMPLETAR SOLO SI SE REQUIRIÓ INTERVENCIÓN POLICIAL

Nombre de la estación de policía, número: _____

Oficial(es) interviniente(s): _____

Dirección de la estación: _____   Teléfono: _____

DIVIDIDO Y AMARRADO

–¿Te gustó tu regalo?

–¿De qué está hablando? –reaccionó August con el ceño fruncido.

–Jack. En el corredor. Programé una cita con él para que fuera trasladado de su habitación en el momento en que se distribuye la medicación, calculé el momento en que debería tocar tu nombre. Deben haberse cruzado, si lo planeé bien. Lamento cualquier posible castigo.

–No... no... estuvo bien... *¿Usted* hizo eso?

–Sí –respondió la psicóloga con calma–. ¿Qué sentiste al verlo?

August hizo una pausa. Luego, decidió que ella se había ganado su honestidad sobradamente y respondió:

–Desesperación, más que nada. Pánico. Y, más allá de eso, alivio y preocupación.

–¿Por qué sentías desesperación? –repreguntó ella mientras anotaba rápidamente la respuesta.

–Por muchas cosas –August se ruborizó–. Estaba desesperado por estar a solas con él. Por tener tiempo para hablar con él. Sentí como si quisiera al mismo tiempo... meterme bajo su piel y abrazarlo con tanta fuerza que nuestros cuerpos se fusionaran –se rio, avergonzado–. Es grotesco, lo sé.

–No lo es –dijo ella con amabilidad–. ¿Puedo preguntarte otra cosa? –él esperó–. ¿Alguna vez sentiste eso antes de estar aquí?

–No... no así. Nunca se sintió así.

LEALTAD

August había analizado el poema que Jack le había escrito. Lo tenía bien escondido, doblado muy pequeño. Al principio, quiso llevarlo consigo, como un amuleto, pero eso pareció demasiado arriesgado. Así que, en su lugar, lo escondió en el espacio entre la moldura y la pared.

11:23 2:45

Eran una fecha y un horario. Escrito para no poder ser descifrado a primera vista. Lo único que lo ayudó fue el 45. Podían ser dos horarios diferentes, pero eso sería inútil, así que tenían que ser una fecha y un horario. Y no hay cuarenta y cinco días en un mes, así que 2:45 tenía que ser la hora y 11:23 la fecha.

Eso le daba esperanzas. Jack le estaba hablando en código. Eso requería esfuerzo, así August supo que la mente de Jack no podía haberse perdido por completo si aún hacía eso.

Esa noche era noviembre 23, a quince minutos de las 2:45 a. m.

August se levantó de la cama, jaló de la cuerda que había colocado para abrir la traba de su puerta, que se destrabó con un suave chasquido. Abrió la puerta y salió al corredor.

LIRÓN

Jack abrió un poco su puerta y le indicó a August que pasara. August miró alrededor y luego caminó de prisa, silenciosamente hasta la habitación de Jack. Ambos cerraron la puerta lo más lento posible, luego se apoyaron sobre ella, mirándose. Solos.

Los ojos de Jack lucían demasiado grises mientras lo analizaba. August se encogió ante la mirada de su amigo.

–Te ves cansado –dijo Jack.

–Tú te ves casi muerto –respondió August.

La risa de Jack fue forzada. Pasó una mano esquelética por su cabello, con aspecto alterado. August nunca antes había visto el cabello de Jack. Siempre lo había tenido rapado tan corto que casi ni se podía distinguir su color. Era rubio y crispado, como si no lo hubiera lavado en años.

–No sé qué decir ahora –admitió August. Cada molécula de su cuerpo se sentía hambrienta y exigente. Pero no podía solo tomar lo que deseaba. Así no era como funcionaba. Necesitaba permiso.

–Guau. Estás, como temblando. ¡Y aún puedo verte como eres! No esperaba eso. Todo lo demás está... –Jack agitó su mano alrededor para describir la locura y August siguió el movimiento con la mirada.

Quedaron en silencio otra vez. August juntó coraje y se acercó. Pero luego se detuvo.

Jack sonrió y esto penetró en el corazón de August.

PULPA

August jadeó cuando Jack lo tomó del cabello con furia.

–No tenemos mucho tiempo. Pronto te encontrarán –dijo.

August apenas lo estaba escuchando. Se arrastró para acercarse y levantó la espalda de la camiseta de Jack, para poder acariciar la cruz en sus costillas con el dedo pulgar. La marca que él le había hecho en la piel accidentalmente.

–Maldición, extraño cómo hueles –admitió Jack con voz débil. August balbuceó para asentir, contra el pecho de Jack mientras se acercaba más a él.

»Dios, estás completamente loco.

–No me importa. Eres la cosa más preciada del mundo para mí. Están intentando hacer que olvides eso. No dejes que te hagan olvidarlo –August suspiró.

Dolía decirlo. Como si alguien se hubiera metido por su garganta para quitarle los órganos por la boca y depositarlos sobre la falda de Jack.

–*August* –con una sola palabra, el Rey de Mimbre aceptó el sentimiento y lo hizo propio.

–Puedo escucharlos buscándome –susurró August.

–No tenemos mucho tiempo. Esto no es suficiente.

–¿Alguna vez lo será?

–Están viniendo por el corredor. Estarán aquí pronto –Jack lo tomó con tanta fuerza, tan cerca, que sus huesos dolieron, pero ¿su corazón? Cantó, apasionado ante el sentimiento.

Y luego retrocedieron, salieron de las cadenas del compromiso y de la emoción. El Rey de Mimbre y su Campeón se sentaron uno junto al otro sobre la cama de Jack. Cerca, pero sin tocarse. Y esperaron a que los guardias derribaran la puerta.

**Morton Centro
Terapéutico**

INFORME DE INCIDENTE

Nombre: Janet Woolworth   Cargo: Primera enfermera

Unidad: Guardia psiquiátrica juvenil   Número telefónico: int. 5147

Intervención en el incidente: Informada luego del incidente

Firma: _____   Fecha: 23/11/03

Fecha: 23/11/03   Hora: 02:50 a. m.

Naturaleza del incidente: Violación de restricción

Lugar del incidente: Habitación del paciente

Pacientes involucrados: August Bateman, Jack Rossi

Personal involucrado: Enfermera January Lee, Residente Jessica Stone

Personal a cargo al momento del incidente: Enfermera Susan Mohlman

Descripción del incidente: El paciente de alta seguridad August Bateman fue
encontrado en la habitación del paciente de alta seguridad Jack Rossi en
la madrugada. No se encontraron señales de altercados físicos. Es la
segunda vez que el señor Bateman incumple su orden de restricción.
Debido a su incapacidad de cumplir con la restricción, el señor Bateman
fue restringido a su habitación durante un plazo de 3 semanas.

Nombre de la estación de policía, número: _____

Oficial(es) interviniente(s): _____

Dirección de la estación: _____ Teléfono: _____

FRACTAL

August fue confinado a su habitación por tres semanas. La primera vez que salió, tuvo cita con su psicóloga.

–¿Por qué estabas en la habitación de Jack? –preguntó.

–Porque él me invitó. Él literalmente abrió la puerta y me pidió que entrara –la voz de August se quebraba, por el desuso.

–Sabes tan bien como yo que eso no importa. Deberías ser más responsa...

–¿POR QUÉ? –gritó August, empujó la mesa y se puso de pie–. ¿Por qué siempre tengo que ser el responsable?

–Bueno, sobre todo, porque tú no estás en realidad lidiando con un serio desorden mental. Eres algo obsesivo, codependiente y claramente tienes un terrible sentido del juicio. Pero, sin importar lo ocurrido en la corte, no tienes conducta criminal. ¿Jack? Jack está de verdad enfermo. En lugar de dejar que él te guíe, ¿por qué no intervenir y guiarlo tú?

–No quiero hacerlo –admitió August en voz baja, sentado con el rostro entre sus manos.

–¿Disculpa? No te escuché.

–No *quiero* hacerlo –repitió un poco más fuerte–. Me *gusta* seguirlo. Seguir órdenes. Hacer lo que él desee. Se siente bien. Se siente tan condenadamente bien.

–¿A qué crees que se deba eso?

–Yo solo... Sé qué hacer conmigo mismo cuando él me dice qué hacer. Él es mi rey. Cuando lo separan de mí, me separan de él, eso nos lastima. Me lastima *a mí*. –August estaba llorando. No podía detenerse.

–Tienes que calmarte.

–¡No! Ya me cansé de estar calmado. He estado explicando esto durante meses. ¡Nadie jamás escucha! No recuerdo un momento en que él no haya estado ahí guiándome. Por eso incendié la fábrica de juguetes. Por eso dejé que prácticamente me ahogara. Porque valió la pena. Es tan simple. Por qué ninguno de ustedes puede meterlo en sus malditas cabezas: él es mi única constante. Mi punto fijo.

–... descubrieron que él tiene un tumor.

–Espere, ¿qué? –apenas podía escuchar tras el zumbido en sus oídos.

–Jack tiene un tumor que presiona parte de su cerebro –explicó la psicóloga con calma–. Seis semanas más y el daño hubiera sido irreparable. Las alucinaciones no eran la enfermedad. Eran solo un síntoma y, a medida que el tumor crecía, el síntoma también mutaba; de ahí el progresivo oscurecimiento de sus visiones, pasando de imágenes agradables a alucinaciones amenazantes y aterradoras. Su cuadro se llama *Alucinosis Peduncular*. No es común pero, afortunadamente, es curable. Le extraerán el tumor la próxima semana.

August miró al suelo con sus puños apretados.

–No podías saberlo.

Él rio amargamente ante esa afirmación.

–Siempre intenté hacer lo mejor por él –susurró.

–No hay nada que pudieras haber hecho –la psicóloga se veía cansada.

–No sea condescendiente conmigo –sentenció August con la mirada fija en ella–. Podría haberlo llevado a un *hospital*, llamado a su madre, hablado con alguien en la escuela. Demonios, tuve la oportunidad de llevarlo con un psicólogo, gratis. Pero no hice nada de eso. Lo consentí y perdí el tiempo.

–August...

–No. No hablaremos de esto. No puedo hablar de esto ahora. Lléveme de regreso a mi habitación.

–Si tan solo pudieras...

August se levantó en silencio, tomó su silla y la lanzó contra la pared con una violencia extraordinaria. La madera estalló con un fuerte estruendo.

–LLÉVEME A MI HABITACIÓN.

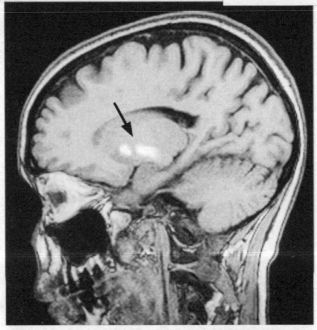

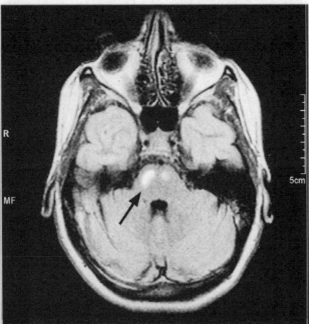

Rossi, Jack #530119

R

MF

5cm

Morton Centro
Terapéutico

Ficha de Observación del Paciente

Nombre: Rossi, Jack

Paciente N°: 530119

Fecha de Nacimiento: 18/03/85

Fecha de ingreso: 07/02/03   Unidad: Psic. Juv.

Fecha de transferencia: _____   Unidad: _____

Fecha de transferencia: _____   Unidad: _____

Observaciones del Paciente

Evaluación:

El paciente fue ingresado con dificultades visuales y jaquecas
persistentes. El examen psicológico indicó sueño fragmentado,
hipersomnia diurna, jaquecas y alucinaciones. Tras análisis
físicos preliminares, se llevaron a cabo los siguientes exámenes:

- Resonancia Magnética
- Análisis de orina
- Electrocardiograma
- Hemograma completo
- Panel metabólico completo
- Radiografía de pecho
- Función tiroidea y toxicología
- Niveles de vitamina B-12 y tiamina

Análisis:

El análisis físico resultó negativo, sin déficits neurológicos
focales. El estado mental y la evaluación psiquiátrica demostraron
ansiedad severa y frecuente disociación, presumiblemente asociada
al trauma por el retraso en reportar la enfermedad. La Resonancia
Magnética presenta una patología intracraneal que presiona el
pedúnculo cerebral derecho, lo que confirma el diagnóstico de
Alucinosis Peduncular. Se recomienda altamente intervención
quirúrgica.

INFORMACIÓN DEL PERSONAL

Médico/Enfermero interviniente: Doctora Sophia Betca, Md.

Fecha de evaluación: 10/12/03

CONFIDENCIAL

HOGAR

August apenas comió la semana en que Jack fue a cirugía. Permanecía enrollado sobre su cama, en un ovillo de culpa, con los ojos secos e irritados. Debería estar terminando su último año. Debería estar riéndose con Gordie, rindiendo exámenes y quejándose de la tarea.

Extrañaba a su mamá.

Extrañaba la comida real, como la lasaña, el salmón y los vegetales frescos.

Extrañaba el bosque, sus fogatas y la mirada sedienta de Jack cuando había bebido de más.

Extrañaba a Rina, con su dulce boca y su hermosa mente.

Extrañaba el sonido del silencio.

Todo en ese lugar tintineaba, chillaba, rugía, gritaba o lloraba y August estaba harto de eso.

PLANES

Le dieron tiempo de estar solo. Mientras se levantara a tomar un baño y comer al menos una vez al día, nadie le hablaba ni le pedía que hiciera nada. Incluso faltó a la terapia grupal por una semana, lo que fue un alivio. Pero no era sostenible. Su audiencia era al día siguiente.

August no estaba seguro de si se sentía eufórico ante la posibilidad de salir de allí, aterrado ante lo que lo esperaba afuera, o si se sentía completamente reacio a dejar a Jack atrás. No era algo que pudiera manejar sabiendo que Jack aún estaba recuperándose de una cirugía cerebral. Y no se marcharía sin despedirse.

Cada día le preguntaba a la empleada amable cuándo regresaría Jack y cada día ella respondía que no lo sabía. Ella no tenía un cargo alto, solo era una empleada, no le confiaban esa información.

Estaba bien. August solo necesitaba estar allí cuando ocurriera. Sería demasiado cruel darle la espalda a ese lugar mientras su rey siguiera allí atrapado.

ESTAFA

El día de la audiencia llegó. August permaneció sentado en silencio mientras lo describían como "amable, protector y bajo mucho estrés". Además, al parecer, la codependencia no figuraba en su DSM-IV, así que no podían retenerlo por eso.

Se decidió que lo liberarían con la condición de que siguiera viendo a su terapeuta durante tres meses y que permanecería en el hospital durante un mes más antes de ser liberado, para estabilizarse y rehabilitarse.

El incendio no había provocado grandes daños materiales, más allá del edificio abandonado. Pero, de todas formas, debería pagar $2000 de multa, debido a la cercanía del lugar del incendio con un área natural protegida y por destrucción de propiedad pública.

August regresó al hospital con la promesa de tener muchas menos restricciones y más privilegios, pero lo que realmente quería era dormir durante días.

CHANSONNIER

El cuervo

El ave dorada

El águila del norte

El Campeón con chispas en las venas

El rey corazón de león

El portador del Diamante

Defensor de la luz

¿Seguirá siendo real luego del tratamiento o todos sus títulos caerán como un castillo de arena?

¿Acaso Jack lo mirará desde el otro lado de una mesa, en un futuro, y verá al héroe de su historia? ¿O verá solo a un hombre? ¿A un amigo?

Nada tan glorioso como para gritarlo desde lo alto o para convertirlo en leyenda.

¿O "amigo" sería un título suficiente para satisfacerlo? ¿Luego de todo lo vivido?

August no lo sabía. Y eso lo mantenía despierto por las noches.

SUJETAR Y QUEBRAR
ENCONTRAR Y TOMAR

Llevaron a Jack de regreso por la noche, cuando sabían que August estaría durmiendo. August tenía prohibido acercarse, durante tres días, a toda el ala izquierda de la institución, en donde estaban los pacientes más delicados, mientras Jack se recuperaba y se readaptaba a la vida sin tener la vista nublada por sus alucinaciones.

La empleada amable se había estado presentando en la habitación de August con frecuencia, para darle noticias. Ese día entró y cerró la puerta detrás de sí. Él se sentó en su cama.

–Me pidió que te dijera que ha sido absuelto con la condición de que se realizara la cirugía. Es probable que tenga que pagar sanciones, pero será liberado.

–¿Cuándo se irá? –preguntó August.

–Tan pronto como sea posible. Probablemente antes que tú. Escuché a uno de los médicos hablando con el director en el corredor. Dijo que solo estará aquí por algunos días más. Es posible que la única razón por la que no lo liberaron después de la semana de recuperación de la cirugía sea que antes debían registrar las cosas aquí.

–Necesito verlo –August comenzó a levantarse.

–Tienes que quedarte aquí –dijo ella con una mano en su hombro–. Estás tan cerca de ser liberado, August. No puedes hacer nada para arruinarlo. Te queda solo un mes. No hagas que sean seis más. Ambos sabemos que no vale la pena.

–De acuerdo, sí... de acuerdo –August volvió a acostarse, como un titán que finalmente se convierte en polvo.

CIRRUS

Estaba soñando. Tenía que estarlo, porque se hallaba caminando por el hospital a plena luz del día. Nadie lo detenía. Nadie le decía que regresara a su habitación. No había guardias. Solo el sol que entraba por las ventanas y el insoportable y agobiante blanco, bañado de dorado bajo la luz.

Atravesó todo el hospital, hasta la habitación a la que tenía prohibido entrar, y abrió la puerta. No había nada adentro. Luego, defraudado, regresó al corredor.

–Él no está allí. Nunca estuvo allí –dijo una empleada a la que nunca antes había visto y que estaba de pie al final del corredor.

–¿Qué quiere decir con que nunca estuvo allí? ¡Por supuesto que estaba ahí! Solo porque nadie esté ahí ahora no quiere decir que nunca haya habido nadie –dijo August, frustrado.

Volteó para señalar a la habitación vacía, pero se encontró con que no estaba vacía en absoluto.

Jack estaba sentado en la cama. Sabía que era él por la forma en que tenía una pierna cruzada con elegancia debajo de la otra, pero toda su cabeza estaba cubierta por una enorme nube blanca. August se metió en la habitación y cayó de rodillas. En cuanto tocaron las baldosas, ya no se encontraban cubiertas de una tela áspera, sino revestidas en el más fino acero.

–¿Estás seguro, Corazón de León? –la empleada estaba en la puerta.

–Por supuesto –respondió August y se inclinó ante él–. No lo dudé ni una vez.

Al levantar la vista, la habitación estaba vacía, la armadura ya no estaba y la empleada se había desvanecido.

Cuando August despertó, lloró.

DE ACUERDO

—Siento que tu estadía aquí no ha sido favorable para ti —dijo su psicóloga.

—¿Qué la hace pensar eso? —respondió August. Le dio un mordisco a la manzana que había robado en el almuerzo.

—Para ser totalmente honesta, estás mucho peor ahora de lo que estabas al llegar. Al parecer, lo único que hemos solucionado es tu piromanía.

August bufó. Por supuesto que él no era un pirómano. No había sentido la necesidad desde el momento en que casi se quema toda la primera capa de piel de sus manos. Lo cual no era más que una reacción totalmente racional. Si querían llevarse el crédito por eso, allá ellos.

—Es probable que Jack salga de esta situación mucho menos traumatizado que tú —señaló la psicóloga—. El procedimiento es invasivo, pero el tiempo de recuperación de su enfermedad es llamativamente corto. Solo algunos días, a decir verdad. Si la cirugía resulta exitosa, él estará como nuevo.

August dio otro mordisco.

—¿Cómo te sientes al respecto?

En lugar de responder, August se tomó un tiempo para masticar con parsimonia.

—¿Cómo se llama? Ya sabe, nunca se lo pregunté. Ni me molesté en averiguarlo antes —dijo de pronto.

—Kimberly Cho.

–¿Doctora Cho?

–Sí.

–Gracias. Ya sabe, por todo.

Morton Centro Terapéutico

Plan de Tratamiento Psicológico

Numero de caso: __53120__

Nombre del paciente: __August Bateman__

Fecha de la sesión: __27/11/03__

Hora: __7:30__

Personas en la sesipon: _____

Sesión individual ☒   Sesión grupal ☐   Sesión familiar ☐   Ausente ☐

Progreso del paciente: _____

Objetivos fijados durante la sesión: __Preparación para salir del hospital__

Dinámica del tratamiento e intervención: __El paciente expresa sentirse flojo y cansado, pero parece feliz. Cumple con la medicación y los requisitos de la terapia, condición para su salida.__

Foco para la próxima sesión del tratamiento: _____

Medicación: __Renovar la prescripción anterior.__

Nombre del médico: __Kimberly Cho__   Fecha: __27/11/03__

Firma: __Kimberly Cho__

LES CINQ DOIGTS

Era de noche cuando apareció. El guardia prendió la luz y analizó la habitación antes de hacerle señas. August se sentó en la cama y observó mientras el hombre cerraba la puerta detrás de sí. Aún podía ver a este último mirando por la pequeña ventana. Bien, no podía hacer nada, así que centró su atención en Jack.

Jack estaba parado incómodamente en medio de la habitación. Llevaba ropa normal y la cabeza afeitada por la cirugía. Lucía casi como el día en que había llegado allí. Quizás un poco más delgado y pálido, pero no peor.

–¿Puedo? –Jack señaló la cama. August asintió. Jack se acercó, indeciso, y se sentó en un extremo.

–Me voy mañana –soltó–. Quería verte antes.

–Así que, la cirugía... –August se aclaró la garganta–. La cirugía, ¿funcionó?

–Sip –Jack jugueteó con las sábanas antes de responder–. Es raro, ¿sabes? No puedo decir que lo extrañe, pero es raro. Aunque es bueno que haya acabado, supongo. O al menos, eso me dicen.

–¿Es permanente? –preguntó August con la voz quebrada.

–Sí. Sí lo es.

August sintió un nudo en la garganta, pero no supo por qué. Se alejó de Jack y miró hacia la ventana enrejada.

ALLEGRETTO

–¿Estás... enojado conmigo?

August negó con la cabeza, pero apretó la punta de su manta con fuerza. Cuando volvió a mirarlo, Jack estaba notablemente molesto.

–No, no estoy enojado contigo, Jack, nunca podría estarlo... Aunque estoy enojado. Creo que lo he estado desde que todo comenzó... me enoja que no hayamos logrado nada. Que no lo hayamos podido solucionar por nuestra cuenta. Me enoja seguir aquí y que tú vayas a dejarme aquí... –August se mordió la lengua ante el dolor que le causaba esa idea y cerró los ojos.

Cuando los volvió a abrir, Jack tenía el ceño fruncido.

–Pero no es importante –August negó con la cabeza y forzó una sonrisa–. Me alegra que ya no estés enfermo. ¿Crees que te dejarán volver al equipo?

–No me importa el equipo, August. ¿Por qué estás siquiera... August? August, mírame. *Mírame*.

No podía hacerlo.

–Fue bueno verte, Jack, pero creo que debes irte.

–¡No! –Jack se acercó, pero August no reaccionó–. ¡No, por favor! Lo siento, August. Lo siento.

August solo miró al suelo.

–Lo siento –Jack estaba llorando. Todo el cuerpo de August le decía que hiciera algo; él siempre hacía algo cuando Jack lloraba. Pero, en cambio, solo se quedó sentado y dijo:

–Siempre *seré* parte de este mundo que ya ni siquiera existe. Siempre te miraré y... –hizo una pausa–. En un punto, fue solo un juego. Se supone que lo sucedido en el río fue un juego, pero ahora no puedo dejarlo. Nunca pude. Siempre querré estar a tus pies, peleando por ti. Lastimándome a mí mismo porque tú me lo pides. Todo está jodido y ahora yo lo estoy también.

El rostro de Jack se retorció de dolor. Sujetó a August por los hombros y lo sacudió.

–Nunca dije que no sintiera lo mismo –dijo bruscamente–. Que ya no vea el reino no quiere decir que no siga existiendo –dijo furioso–. Mientras uno de los dos lo recuerde, aún existe. Nosotros decidimos cuándo terminar el juego, no ellos. Nadie más. Eres tan estúpido, August. Eres muy estúpido y te quiero demasiado.

MODERATO

–Te quiero y no necesitamos el otro mundo para que siga siendo así –echó un vistazo a la pequeña ventana, para comprobar si el guardia los estaba mirando, luego se acercó y apoyó la frente contra la de August.

»Es real –continuó–. Siempre lo ha sido. En este mundo y en el siguiente. Pueden quitarnos todo, dejarnos sin nada y aun así, te querré.

El rostro de Jack se volvió difuso, como si August estuviera viéndolo a través del mar.

–¿Aún cantan canciones sobre mi victoria? –preguntó August, ahogado.

–Sí, lo hacen. Va *in crescendo* como los faros hacia las profundidades. Con cada nuevo aliento de vida que se forma en un mundo sin oscuridad, a costa de tus manos y tu mente.

–Te has convertido en un poeta –suspiró August.

–No lo hice –rio Jack–. Solo estoy diciéndote lo que vi tallado en los muros antes de que me quitaran ese mundo. Fuiste elegido como el *Campeón*, August. No como un mártir.

El guardia golpeó a la puerta. Jack se apartó de August y puso sus manos a la vista de la ventana.

–Tengo que irme. Pero volveré por ti.

–Señor Rossi, se acabó su tiempo.

–Volveré por ti. No lo olvidaré –prometió Jack.

La puerta se cerró con fuerza cuando salió y August volvió a quedarse solo en la oscuridad.

PÁJARO DE FUEGO

Supo el preciso momento en el que Jack se fue; se despertó sobre-saltado a las 5:43 de la mañana y se apoyó contra la pared más cercana a la salida. Era lo más lejos que habían estado desde el año anterior. Era sorprendente con cuánta intensidad lo sentía. Como si alguien hubiera amarrado una banda elástica a sus costillas y la hubiera estirado hasta que estuviera a punto de romperse.

Era alarmante lo cerca que estaba de un ataque de histeria.

August estaba tomándose un momento para intentar recuperar el aliento y calmar la necesidad de correr fuera del hospital detrás de Jack, cuando de pronto se le ocurrió que todo eso resultaba muy gracioso. No había una maldita posibilidad de que él supiera o se interesara por dónde estaba Jack en septiembre y en ese momento se encontraba en el suelo, intentando contenerse de gritar. Era des-agradable y lamentable, pero no podía evitarlo.

Así que, en lugar de gritar, rio. Rio y rio hasta que le dolió la garganta y los brotes de histeria se transformaron en sollozos ahogados, y las enfermeras entraron a su habitación para levantarlo cuidadosamente del suelo y llevarlo a su cama.

BLANCO

Le restaban tres semanas solo en el hospital. Algunos días pasaban rápido. Otros parecían años. Cada instante llevaba el peso extra de una tonelada de letargo.

¿Cómo puedes respirar con manos que estrujan tus pulmones o ver cuando tu sol ha sido arrancado del cielo?

Algunas veces, August recorría los corredores. Técnicamente, ya no tenía que permanecer en su habitación, así que giraba observando todo, intentando guardar esa experiencia en su memoria. Le permitían tener papel y él le había robado una lapicera a la doctora Cho de su oficina, así que a veces incluso escribía. Todavía no era bueno en eso, pero algún día sería mejor.

Tal vez se saltaría esa parte y solo escribiría la historia de la aventura. Como un libro para niños. Se centraría en la magia y en el misterio, dejando afuera el fuego, el hambre y el miedo. Podían mantener eso entre ellos. Murmurar al respecto en la oscuridad, cincuenta años después, mientras bebieran whisky con costosos cigarros.

Sería simplemente otro de esos pequeños libros de cubierta dura, empaquetados y enviados a donde la historia va a morir. Y dejaría la historia tan intacta y encantadora, como la mañana de otoño en la que descubrieron la fábrica de juguetes por primera vez.

Tapiada y en pie.

CORREO

A último momento, le dieron sus cartas. Se las habían negado todo ese tiempo.

Una era de Roger, la otra era un sobre abultado de Rina. Abrió la de Roger primero:

Querido August:

Peter dice que no debes querer saber de nosotros. Probablemente tenga razón, pero no quería que pensaras que estamos molestos contigo, o que nos olvidamos de ti. Sé que podemos ser algo... no lo sé. Pero Peter se interesa, aunque actúe como si fuera demasiado listo o fuerte para hacerlo.

Como sea, después de que se fueron, tapiaron la fábrica por completo. Peter y yo fuimos a verla. Hasta pusieron un letrero de "se alquila". Nadie habló de otra cosa durante semanas. Algunos niños van y fingen que está embrujada. Me alegra que la hayan tapiado. Creo que eso no te agradaría.

Todos los demás están bien. Gordie fue aceptada en Yale, lo que sorprendió a todos. Peter y yo iremos a Brown y Alex decidió quedarse en el pueblo y buscar un trabajo en el pueblo siguiente. Nos dijo que te dijéramos que te preparará cuantos cupcakes desees cuando regreses.

No sé si te dejan leer cartas allí, pero si lo hacen, ¿podrías responder?

Tu amigo, Roger

August la volvió a doblar y sacó la de Rina. Era una hoja arrancada de un cuaderno, con manchas de lápiz labial en una esquina y gotas de café alrededor. Adentro había una bolsita de ese té negro especiado que ella bebía siempre.

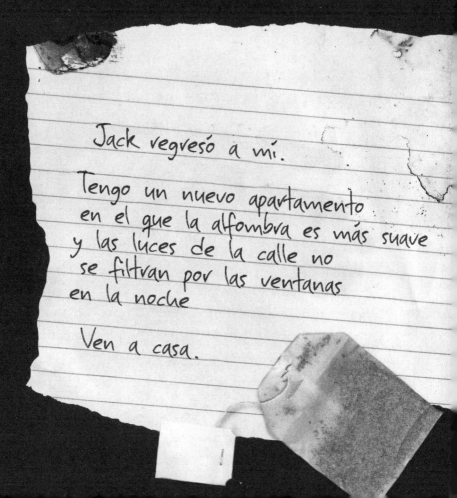

Jack regresó a mí.

Tengo un nuevo apartamento en el que la alfombra es más suave y las luces de la calle no se filtran por las ventanas en la noche

Ven a casa.

POR FAVOR, DÉJENME OBTENER LO QUE DESEO

–Se te regresa una mochila, la cual contenía un suéter, tres trapos, un encendedor, un teléfono celular, un anotador, diez lápices, dos pases de autobús y $35,03 en su interior. Y aquí está tu ropa. Puedes cambiarte en el baño dentro del hospital, pero debes permanecer en el lobby una vez que te quites el uniforme. Puedes traerlo a la recepción.

August se quitó sus pantalones de hospital y volvió a meter sus piernas en los jeans que llevaba puestos cuando había llegado. La tela se sentía dura en comparación y aún olía a ceniza y fuego. Pero de todas formas, era mucho más cómodo estar vestido como él mismo, finalmente.

–Adiós, August. ¡La mejor de las suertes!

Le devolvió el saludo amablemente a la empleada. No la conocía, pero los buenos deseos eran bienvenidos.

August revolvió la mochila en busca de su celular y lo encendió. Marcó de prisa el número de su casa y esperó a que su mamá respondiera. Se anticipó a la contestadora, colgó y rápidamente marcó el de Jack, pero la línea estaba ocupada.

August cerró su teléfono y se sentó en una de las sillas acolchadas del lobby. Llevó las rodillas hasta el mentón y escondió el rostro entre sus brazos. Quizás solo debería caminar a su casa. Probablemente su mamá estuviera allí, sentada en el sótano, mirando programas de televisión, como si él nunca se hubiese ido.

FORTENTOOK

August jadeó y levantó la vista a la luz. Casi se había quedado dormido, pero se despertó sobresaltado por una mano en su cabello. Lo acarició suavemente una o dos veces, luego se cerró sin advertencia y jaló bruscamente de su cabeza.

El Rey de Mimbre se inclinó y apoyó la frente contra la suya.

El sonido que August emitió fue de un violento alivio. Se puso de pie y se aferró a él como un hombre a un mástil en el ojo de una tormenta. Jack se rio sorprendido y luego hizo suaves sonidos de calma, castigándolo con el agudo dolor de sus garras.

– A través de la ruina y del polvo –recitó Jack.

–*Regresaste* –susurró August, como si estuviera rompiéndole el corazón.

–No podía no hacerlo. ¿Tienes todas tus cosas?

–Eso creo.

–Entonces vamos. Te llevaré a casa.

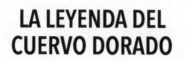

LA LEYENDA DEL CUERVO DORADO

Hace mucho tiempo, cuando la tierra aún era joven, vivieron dos reyes: el Rey de Madera y el Rey de Mimbre.

Eran hermanos y sus reinos estaban uno al lado del otro, cercados por un muro. Los dos reyes eran justos y equitativos, aventureros y adeptos a los deportes. Eran generosos, valientes y amados por sus pueblos. Era una época de oro, en la que los frutos caían siempre maduros de los árboles y el ganado crecía robusto y en cantidades.

Cada año, en el verano, cuando el segundo sol alcanzaba su mayor altura en el cielo, había una Gran Cacería. Todos los hombres y mujeres mayores se reunían para adentrarse en tierras salvajes a fin de capturar a una gran bestia para el festín de verano.

Pero una enorme niebla negra comenzó a bullir y a ascender detrás del muro del reino. Era una cosa salvaje y hambrienta creada por brujerías, que había sido expulsada por el Campeón y por el concejo central en los días pasados, quinientas estaciones atrás. Estaban protegidos de que los devorara a todos por la mayor bendición del reino, una roca viva: el Diamante Azul...

Lea más sobre el mundo de fantasía de Jack y August en línea, en: *thewickerkingblog.tumblr.com* 31/10/2017.

AGRADECIMIENTOS

Quisiera agradecerle a Ryan M. de trece años, por haber leído las historias self-insert de la Kyla de trece años, novelas tontas al estilo Mary Sue, cuando tenía que estar prestando atención a su clase. Sin ti, probablemente, no hubiera tenido el valor necesario para escribir nada mejor.

Gracias, Amy, profesor Bauer-Gatsos, profesor Simpson. Gracias Imprint Team. Y gracias mamá y papá, por dejarme ser yo misma. Es algo genial y terrible, y espero que lo valga.

REALi

Con una protagonista rota

Sobre el miedo de enfrentar la verdad

CARTAS DE AMOR A LOS MUERTOS - *Ava Dellaira*

EL FINAL DE NUESTRA HISTORIA - *Meg Haston*

POR 13 RAZONES - *Jay Asher*

Sobre el poder de la palabra

PAPERWEIGHT - *Meg Haston*

QUÉ NOS HACE HUMANOS - *Jeff Garvin*

CARTAS A LOS PERDIDOS - *Brigid Kemmerer*

smo...

En donde las cosas no son como parecen

TODO PUEDE SUCEDER -
Will Walton

Sobre las dimensiones del amor

LA GUÍA DEL CABALLERO
PARA EL VICIO Y LA VIRTUD -
Mackenzi Lee

Sobre la importancia de encontrar tu lugar en el mundo

CRENSHAW - *Katherine
Applegate*

QUIENES SOLÍAMOS SER -
Ava Dellaira

LA LÓGICA INEXPLICABLE
DE MI VIDA - *Benjamin
Alire Sáenz*

¡QUEREMOS SABER QUÉ TE PARECIÓ LA NOVELA!

Nos puedes escribir a vrya@vreditoras.com
con el título de esta novela en el asunto.

Encuéntranos en

f facebook.com/VRYA México

🐦 twitter.com/vreditorasya

📷 instagram.com/vreditorasya

COMPARTE
tu experiencia con
este libro con el hashtag
#elreydemimbre
🐦 📷 f